Das Buch

So sinnlich – so sexy – so wild!

Hatten Sie schon mal intime Einblicke in das Liebesleben einer Erotikautorin?

Wissen Sie, was passiert, wenn ein sexy Kalendermann plötzlich lebendig wird?

Waren Sie schon mal auf einer Party, bei der Ihnen alle Ihre erotischen Wünsche erfüllt wurden?

Kennen Sie die wilden Phantasien Ihrer Dessous-Verkäuferin?

Und wussten Sie schon, dass Chili nicht nur Pasta eine extrascharfe Note gibt?

Die Autorin

Mara Black ist das Pseudonym einer erfolgreichen deutschen Autorin. Sie verbrachte viele Jahre in München. Heute lebt und arbeitet sie auf Teneriffa.

Mara Black

EXTRASCHARF!

Heiße Stories

Ullstein

Besuchen Sie uns im Internet:
www.ullstein-taschenbuch.de

Originalausgabe im Ullstein Taschenbuch
1. Auflage März 2013
© Ullstein Buchverlage GmbH, Berlin 2013
Umschlaggestaltung: ZERO Werbeagentur, München
Titelabbildung: Getty Images / © Oleksiy Maksymenko
Satz: Pinkuin Satz und Datentechnik, Berlin
Gesetzt aus der Garamond
Papier: Pamo Super von Arctic Paper Mochenwangen GmbH
Druck und Bindearbeiten: CPI – Clausen & Bosse, Leck
Printed in Germany
ISBN 978-3-548-28418-7

Inhalt

Annabelle

An diesen gewissen Morgen erinnere ich mich noch ganz genau. Mein Freund Adalbert, genannt Adi, rief an und bat mich, am darauf folgenden Freitag für ein langes Wochenende zu ihm aufs Land zu kommen.

Ich stand an jenem Tag im Atelier an meiner Staffelei und malte einen weiblichen Akt in Öl. Das lebende Modell hieß Patrizia, war Anfang vierzig, wohlproportioniert und ebenso hübsch wie scham- und hemmungslos. Schon deshalb war sie als Aktmodell in jeder Hinsicht bestens geeignet. Seit Jahren bereits buchte ich stets nur sie, wenn ich ein weibliches Modell brauchte.

Dieser sonnige frühherbstliche Morgen schien geradezu ideal zum Malen geeignet zu sein, und ich war mit Eifer bei der Sache. Sonnenlicht fiel durch die großen Atelierfenster. Patrizias samtweiche nackte Haut schimmerte in diesem morgendlichen Licht verheißungsvoll und überaus anziehend.

Sie lag völlig ruhig da. In einer hoch erotischen Position, in die ich sie vor einem Weilchen sanft hineindirigiert hatte. Ihre Brüste, aber auch die glatt rasierte Muschi waren dem Auge des Betrachters völlig schutzlos ausgeliefert. Selbst die Schamlippen waren in dieser Stellung geöffnet und erlaubten freie Sicht auf die innersten Geheimnisse ihrer Möse.

Obwohl ich mit Konzentration und Hingabe bei der Arbeit war, erregte mich der Anblick Patrizias. Während ich ihre ungewöhnlich große Klitoris mit dem Pinsel auf die Leinwand brachte, spürte ich, wie ich eine starke Erektion bekam. Patrizia war seit Jahren auch meine heimliche Gelegenheits-Geliebte. Und Gelegenheit gab es natürlich immer dann, wenn sie mir Modell stand. Wofür ich sie bezahlte. Den Sex hingegen bekam ich umsonst von ihr. Denn Patrizia mochte mich, und sie mochte den Sex mit mir. Wir sprachen nie groß darüber, aber wir wussten es beide.

Ich steckte den Pinsel in das Glas mit Terpentin, wischte mir die Hände an einem weichen Baumwolltuch ab und näherte mich dann dem roten Diwan, auf dem Patrizia lasziv und mit weit geöffneten Schenkeln lag.

Sie schaute mich mit glänzenden Augen an, lag aber weiterhin völlig reglos da. Sie war als Modell wirklich höchst professionell. Ich war der Auftraggeber und damit zu jedem Zeitpunkt der Boss. Mir allein oblag es, Patrizia aus einer Stellung in eine andere zu dirigieren. Und sie nahm, ohne zu murren, die jeweils von ihr verlangte Pose ein, selbst die obszönste, und blieb so lange liegen, bis sie aufgefordert wurde, ihre Stellung zu ändern.

Ich sah auf sie herunter, ließ meine Blicke über die Brüste mit den bräunlichen Nippeln gleiten, die sich unter meinen begierigen Blicken aufrichteten. Mir gefiel es sehr, wie Patrizia allein durch meine Blicke erregt wurde. Mein Schwanz bäumte sich erfreut in der weiten Leinenhose auf, die ich immer beim Malen trug.

Ihre Nippel waren mittlerweile hart geworden wie zwei Perlen, die sich mir keck entgegenreckten. Die großen rosigen Rosetten darum herum hatten sich deutlich sichtbar zusammengezogen.

»Böses Mädchen!«, sagte ich leise. »Böses, geiles, versautes kleines Luder!«

Statt einer Antwort gab Patrizia ein zärtliches Schnurren von sich. Natürlich wusste sie seit langem, dass mich solche im Grunde lächerlichen Laute zusätzlich erregen konnten, wenn ich in der richtigen Stimmung dafür war. Und an jenem Tag war ich das definitiv.

In der Brusttasche meines Malerkittels, den ich über der Leinenhose und dem schwarzen Baumwollhemd trug, steckte ein neuer, weicher und breiter Dachshaar-Pinsel. Ich holte ihn heraus und strich damit einige Male kreuz und quer über Patrizias steife Brustknospen hinweg. So als wollte ich die Nippel mit Ölfarbe bemalen.

Patrizia stöhnte leise auf, regte sich jedoch immer noch nicht. Lediglich die Vorhöfe um die Brustknospen zogen sich noch stärker zusammen. Und weiter unten, zwischen den geöffneten Schenkeln, da glänzten die äußeren Schamlippen plötzlich verräterisch feucht.

»Deine Muschi wird ja ganz nass! Du bist eben ein versautes kleines Ding, wusste ich es doch!«, sagte ich. Und fuhr dabei mit dem Pinsel über Patrizias volle Brüste, ehe ich den Pinsel weiterwandern ließ.

Er widmete sich kurz dem Bauchnabel, wovon Patrizia eine feine Gänsehaut am ganzen Körper bekam. Und auch dieser Anblick machte mich scharf.

Ich führte den Pinsel mit kräftigen Strichen weiter abwärts und erreichte bald den hübsch gewölbten unbehaarten Venushügel. Auch diese Stelle liebkoste ich eifrig. Ich stellte mir vor, wie ich sie dabei in einem leuchtenden Rot bemalte. Einen Augenblick überlegte ich sogar, den Pinsel tatsächlich in Farbe zu tauchen und dann das Ganze zu wiederholen. Ich verwarf den Gedanken aber sogleich wieder, weil ich mir – aus Vernunftgründen – sagte, ich dürfte die Standhaftigkeit meines Schwanzes und mein neu erwachtes Begehren nicht ausgerechnet an einem perfekten Morgen wie diesem überstrapazieren. Am Ende hielt mein bestes Stück nicht so lange durch!

»Los, komm schon, Fabian. Fick mich mit deinen Pinseln!«, forderte Patrizia mich in diesem Augenblick heraus.

Meine Erregung stieg weiter an. Ich streichelte und verwöhnte als Nächstes Patrizias weit geöffnete Muschi mit dem Malerpinsel. Dabei ging ich so sorgfältig und akkurat zu Werke, als müsste ich auch noch die kleinste Hautfalte da drinnen vollständig mit Farbe versehen. Mit besonderer Hingabe widmete ich mich der dunklen Pforte unterhalb des Kitzlers. Die Schamlippen begannen sich zu öffnen, und ich beobachtete dieses erregende Schauspiel. Und je intensiver die Pinselstriche wurden, desto lauter seufzte Patrizia. Und desto stärker flossen auch ihre Liebessäfte. Bald lag ein moschusartiger Geruch nach purem Sex und weiblicher Lust in der Luft, den ich voller Wonne tief einsog.

Ich sagte mir dann aber, mit der Pinselei sei es nun genug. Patrizia brauchte als Nächstes etwas Härteres in ihrer Muschi.

Der Stiel des Pinsels war aus Holz und in etwa so dick wie mein Mittelfinger. Vorsichtig und langsam führte ich den Pinselstiel in Patrizias Vagina ein. Zuerst nur ein ganz kleines Stückchen, dann hielt ich inne und drehte den Pinsel in dem leise schmatzenden Loch. Zuerst langsam, dann immer schneller. Dabei schob ich den Stiel tiefer hinein in dieses gierige *Pussykätzchen*.

Patrizia seufzte, bewegte sich jedoch auch weiterhin nicht.

Ich nahm meine andere Hand zu Hilfe, um ihren Kitzler zu reiben, während ich sie weiter mit dem Pinselstiel fickte. Ich zog ihn dann und wann ganz heraus. Das Holz glänzte längst vor Feuchtigkeit. Ich schnupperte daran und sog dabei tief Patrizias Mösenduft ein, ehe ich den Pinselstiel erneut in ihrer hübschen Muschi versenkte.

Als ich merkte, wie Patrizia allmählich unruhiger wurde, weil sich anscheinend ihr Höhepunkt ankündigte, hörte ich mit meinen Pinselstiel-Spielchen abrupt auf.

Ich steckte den Pinsel zurück in die Brusttasche meines Malerkittels und öffnete meine Hose. Ich holte meinen steifen Schwanz heraus und wog ihn ein Weilchen stolz in der offenen Handfläche.

Patrizias Blicke hefteten sich auf den strammen Kerl, und ihre Augen begannen bei seinem Anblick voller Vorfreude zu leuchten. Sie wusste, was gleich passieren würde.

Ich zog mich nicht weiter aus, sondern kletterte so, wie ich war, auf den Diwan. Ich ließ mich zwischen Patrizias weit gespreizte Schenkel sinken, brachte meinen pochenden Ständer mit einer Hand in Stellung und versenkte ihn dann mit einem einzigen Stoß tief in ihrem feuchten Fleisch.

Erregt, wie Patrizia war, kam sie bereits nach wenigen Sekunden und den ersten beiden harten Stößen, die ich aus den Hüften heraus vollführte. Ich spürte, wie die Innenwände ihrer Vagina sich dabei um meinen Riemen herum anspannten und rhythmisch krampfartige Bewegungen machten. Diese Kontraktionen massierten meinen Schwanz, was ich als sehr lustvoll empfand. Und ich kam innerhalb kürzester Zeit. Mit einem kehligen Knurren ergoss ich mich tief in Patrizias heiße Pussy. Dabei zogen sich meine Hoden so stark zusammen, dass ich die Lust an meinem ganzen Körper spüren konnte.

Das Blut rauschte in meinen Ohren, mein Puls hämmerte und mein Atem ging stoßweise.

Dann stieg ich anschließend von Patrizia und dem Diwan herunter, verstaute meinen inzwischen halbwegs erschlafften Penis wieder in der Hose, beugte mich zu meiner Gespielin herunter und gab ihr einen zärtlichen Kuss.

»Vielen Dank auch, Madam, Sie haben mir ein großes Vergnügen bereitet!«

Ich wusste, sie nahm den Satz als ehrliches Kompliment. Und so waren meine Worte auch gemeint, und keinesfalls als machohafte Flegelei.

»Das Vergnügen war ganz meinerseits!«, erwiderte Patrizia artig und zufrieden lächelnd. Sie lag immer noch genau so da, wie ich sie zu Beginn hindrapiert hatte.

Diese Frau war wirklich etwas ganz Besonderes, in jeder Hinsicht. Leider sollte ich diese Tatsache jedoch schon bald völlig verdrängt haben. Denn es trat diese andere Frau in mein Leben, und die musste der Teufel höchstpersönlich auf mich angesetzt haben.

Ich malte nach jenem erfrischenden Schäferstündchen mit Patrizia entspannt und gleichzeitig hochkonzentriert ein Weilchen weiter und kam auch gut voran. Als das Telefon unten in der Halle klingelte, wollte ich zunächst gar nicht rangehen. Doch der Anrufer war hartnäckig. Das Klingeln wollte einfach nicht aufhören. Bis ich schließlich seufzend den Pinsel erneut in den Topf mit Terpentin steckte und leise fluchend die breite Treppe nach unten lief und ans Telefon ging.

»Fabian, ich bin's, Adi! Ich möchte, dass du übermorgen und für das ganze Wochenende zu mir herauskommst. Und bring bitte einen dunklen Anzug und vor allen Dingen deinen Ausweis mit!«

»Einen dunklen Anzug? Wozu denn das, um Himmels willen?«, wunderte ich mich.

»Das erkläre ich dir ausführlich, wenn du hier bist! Fürs Erste sollte genügen, dass ich einen Gefallen von dir erbitte, einen Freundschaftsdienst. Also dann bis zum Wochenende, Fabian! Ich zähle auf dich. Und vergiss ja deinen Ausweis nicht!«

Dann legte Adi auf. Ich ging zu Patrizia ins Atelier zurück und bat sie zu gehen. Ich holte den einzigen schwarzen Anzug, den ich besaß, aus meinem Schrank und machte mich auf in eine Schnellreinigung.

Später reinigte ich meine Jagdwaffen. Trotz Anzug und Ausweis glaubte ich unbeirrt daran, dass Adalbert Freiherr von Wartburg am Wochenende bloß die herbstliche Jagdsaison eröffnen wollte.

Am Freitag vor jenem Wochenende herrschte wundervolles Altweibersommerwetter. Gut gelaunt machte ich mich auf die etwa zweistündige Autofahrt in das kleine Nest an der Grenze zu Tirol, wo das »von Wartburg'sche Schloss« lag. Seit Generationen im Familienbesitz, hatte mein Freund Adi, als letzter lebender männlicher Spross, das alte Gemäuer irgendwann geerbt und war seither immer wieder mit Restaurierungsarbeiten beschäftigt. Immerhin waren das Hauptgebäude und einer der Seitenflügel inzwischen vollständig modernisiert und boten behaglichen Wohnkomfort nach modernem Standard.

Wir beide, mein Freund Adi und ich, gingen jetzt mit Riesenschritten auf die fünfzig zu. Beide waren wir außerdem überzeugte Junggesellen und gleichzeitig ebenso überzeugte Liebhaber schöner Frauen. Ja, wir hatten so einiges gemeinsam, immer schon.

Als ich in die breite Auffahrt zum Jagdschloss einbog,

kam er mir in Reitstiefeln aus den Pferdestallungen entgegen und winkte schon von weitem. Ich parkte den Wagen und stieg dann aus.

»Schön, dass du da bist, Fabian!«

»Danke für die Einladung, Adi! Bei diesem herrlichen Kaiserwetter wird es eine prächtige Eröffnung der Jagdsaison geben.«

Er schaute mich merkwürdig von der Seite an, dann sagte er leise: »Lass uns vor dem Abendessen einen kleinen Spaziergang machen. Ich muss mit dir reden, von Freund zu Freund!«

Da schwante mir zum ersten Mal, dass diese Einladung tatsächlich einem ganz anderen Zweck als der Jagd diente!

Ich brachte rasch den Koffer nach oben in mein Zimmer, während Adi unten auf mich wartete.

Schweigend liefen wir eine Weile nebeneinander her. Irgendwie wirkte mein Freund verändert, aber ich konnte mir nicht erklären, warum.

Er sah immer noch verdammt gut aus, die grauen Schläfen standen ihm ausgezeichnet. Früher hatten ihm die Mädchen in Scharen zu Füßen gelegen. Ich fragte mich insgeheim, wie es damit wohl heute aussah. Ein Kostverächter war Adi nie gewesen, ganz im Gegenteil. Er wusste seine Chancen durchaus zu nutzen …

Und dann fiel mir plötzlich ein Ereignis ein, das viele Jahre zurücklag und das ich irgendwie tief in mein Unterbewusstsein verdrängt hatte. Vielleicht weil mir das Erlebnis so sehr unter die Haut gegangen war und mir Seiten vor Augen geführt hatte, die ich so weder von Adi noch von mir selbst jemals erwartet hätte …

Es begann damit, dass ich eines Tages eine Einladung

unter dem Motto *Wilde Nacht der Masken* in meinem Briefkasten fand. Absender war mein Freund Adi.

Noch am selben Tag rief mich ein ehemaliger Studienkollege an, der ebenfalls so eine Karte im dezenten weißen Umschlag bekommen hatte.

Georg fragte, ob ich ihn in meinem Wagen mitnehmen könnte. Ich sagte, ich sei mir nicht sicher, ob ich überhaupt hinfahren wollte, mir wäre nicht nach einem Maskenball. Georg lachte daraufhin zuerst einmal schallend. Anschließend erzählte er mir dann etwas von exklusiv eingerichteten und wohltemperierten Folterkammern, die mit Streckbänken, Spreizstangen, unterschiedlichsten Peitschen und anderen Sadomaso-Spielsachen ausgestattet seien.

Allmählich fiel bei mir dann auch der Groschen.

»Unser Freund Adi frönt doch nicht etwa neuerdings wilden Sexpartys auf seinem Schloss?«

Georgs Stimme klang heiser vor Erregung, als er meinen Verdacht bestätigte.

»Lass uns hinfahren, Fabian, und ein wenig Spaß haben. Was ist schon dabei?«

Ich dachte kurz nach und willigte schließlich ein.

Bei den weiblichen Gästen in jener *Wilden Nacht der Masken* handelte es sich fast ausschließlich um Callgirls der Luxusklasse.

Die samt und sonders bildschönen Damen trugen während der Sexparty allesamt unterschiedliche frivole Kostümierungen.

Von der hochgeschürzten Krankenschwester über die geile Ledermaid bis hin zum scheinbar braven Schulmädchen wurde alles geboten, was sich die männliche Phantasie nur wünschen konnte.

Manche der Mädchen gaben sich obendrein auch noch

für Spiele der etwas anderen Art her. Zu diesem Zweck zog man sich in kleinen Grüppchen oder auch nur zu zweit in eins der *Séparées* zurück.

Adi selbst forderte mich irgendwann auf, mit ihm und einer schwarzhaarigen Ledermaid zum *Ponyaufzäumen* zu gehen ... Ich folgte ihnen sofort und ohne Fragen zu stellen in eine Art Zelle. Ich war zu diesem Zeitpunkt längst berauscht vom Whisky und vor allem von der unwirklich aufgeheizten Stimmung jener Nacht im Schloss.

Das Mädchen kauerte sich in der Kammer sofort halb nackt und auf allen vieren vor uns hin, wie eine Hündin. Anscheinend machte diese unterwürfige Haltung ihr Spaß, denn sie seufzte und stöhnte leise, während sie die Hüften kreisen ließ. Außerdem leckte sie sich die vollen Lippen, bis diese feucht und verlangend schimmerten.

Ihre großen Brüste streiften mit den harten Nippeln über den kalten Marmorboden, während das pralle Gesäß sich unseren hungrigen Blicken entgegenreckte.

Adi zog unserer willigen Liebessklavin schließlich auch noch den ledernen Minirock aus und legte ihr eine Augenbinde um.

Er hielt mir eine Art ledernes Zaumzeug hin, das eben noch über unseren Köpfen an einem Wandhaken gehangen hatte.

»Mach du das, Fabian. Nimm sie ins Geschirr, zäume sie auf«, forderte mich Fabian schließlich auf.

Die Kleine schien genauestens zu wissen, worauf sie sich hier einließ, und auch einschlägige Erfahrung mitzubringen. Mit ihrer tatkräftigen Hilfe gelang es mir im Nu, unser *Pferdchen zu satteln.*

Adi sah nur dabei zu, aber seine Augen funkelten regelrecht vor Erregung. Dann sagte er zu mir: »Ehe unser Ponyspiel richtig losgehen kann, muss der Herr sein

Pferdchen noch mit einem stattlichen Schweif aus echtem Rosshaar ausstatten!«

Er zeigte auf die gegenüberliegende Zellenwand, wo sich ein weiterer Wandhaken befand.

Meine Augen weiteten sich, als ich sah und begriff …

»Los, Fabian, worauf wartest du noch? Sie will das, glaub mir, sonst wäre sie nicht mitgekommen! Nadine weiß, worauf sie sich einlässt, nicht wahr, meine Schöne?«

Das Pony-Mädchen stieß ein Schnauben aus, das ohne jeden Zweifel erregt klang.

»Hörst du das, Fabian?« Adi lachte heiser. »Sie kann es kaum erwarten, sie will das Ding in ihrem Arsch spüren, es bereitet ihr Lust!«

»Aha …«, sagte ich und hörte selbst, wie heiser meine Stimme klang. Ich war erregt, wahnsinnig erregt.

Und dann schob sie ihren nackten hochgereckten Arsch gegen meine Knie und begann auffordernd mit den Hüften zu kreisen.

»Fabian, spann Nadine nicht länger auf die Folter, sei kein Spielverderber!«

Er verpasste ihr einen kräftigen Klaps quer über die nackten Pobacken, und Nadine stieß ein langgezogenes lustvolles Stöhnen aus.

Der Schweif war an einem passenden *After-Plug* befestigt. Ich stellte mich hinter Nadine und befingerte ihre Poritze mit meinen Fingern, die vom Gleitgel inzwischen feucht und glitschig waren. Nadine bewegte lustvoll stöhnend ihr Becken. Sie wurde immer schärfer und rieb sich an mir.

Wieder lachte Adi schmutzig und heiser.

»Jetzt führ ich dir das Ding hinten in den Arsch!«, verkündete ich mit rauer Stimme.

Die bloße Vorstellung raubte mir fast die Sinne. Unwillkürlich griff ich mir zwischen die Schenkel und an die schwellende harte Beule in meiner Hose. Dann führte ich ihr vorsichtig den Plug mit dem Schweif ein.

Adis Gesicht verzog sich lustvoll, als er mich aufforderte: »Los zäum sie auf, und ich sehe euch beiden zu!«

Adi assistierte mir erneut, indem er mir das Teil vom Wandhaken herunter mit einem frechen Grinsen überreichte.

»Und jetzt braucht unser Pony seinen Ausritt, Fabian!«

Ich führte Nadine – gefolgt von Adi – zunächst einige Runden am Zaumzeug durch sämtliche Räumlichkeiten in den unteren Räumen des Jagdschlosses.

Unterwegs durften die anderen Gäste das Pony anfassen. Überall. An den Brüsten, am Po, zwischen den Beinen. Nur anfassen, sonst nichts!

Nach einem Weilchen dirigierte ich – der stolze Herr – das Pferdchen unter Adis Regie schließlich wieder zurück in eine der separaten Kammern, die gerade frei war. Unser Pony jedoch wollte noch nicht wieder in den Stall zurück, es wurde unterwegs ungehorsam, stellte sich wild und bockig an.

Es brauchte und verdiente deshalb eine Züchtigung, wie Adi mir mit strenger Stimme mitteilte.

Das Pony wieherte an der Stelle zustimmend und, wie es schien, freudig.

»Dein Herr wird sich gleich eine Peitsche aussuchen und dich damit bestrafen und hart züchtigen, Pony Nadine!«, donnerte Adi los.

»Kommt es anschließend dann zum … Akt? Darf der Herr das Pony endlich ficken?«, hakte ich atemlos nach.

Ja, ich wollte es nun wirklich tun, ich wollte Nadine ficken. Richtig hart durchficken. Ich ärgerte mich über ihre

Bockigkeit, ihre Zicken und wollte ihr zeigen, wer hier momentan das Sagen hatte.

Auch wenn die Sache mit dem Auspeitschen nicht wirklich meinen sexuellen Phantasien und Neigungen entsprach – die bloße Vorstellung einer solchen Szenerie hatte mich erneut über die Maßen erregt!

Adi schüttelte fast unwillig den Kopf. »Diesen Punkt hattet ihr doch vorhin bereits abgeklärt, Fabian. Du musst sie sogar ficken, sie erwartet es, sie ist so was von scharf!«

»Und die übrigen Gäste? Dürfen die dabei etwa zuschauen?« Diese Vorstellung törnte mich eher ab, ich wollte Nadine für mich allein. Doch einige Leute waren uns gefolgt und drängten sich nun neugierig unter der Kammertür …

»Ich will allein sein mit meinem Pony, Adi!«, stieß ich hervor.

Nadine schnaubte zustimmend und senkte demütig den Kopf.

Über das Gesicht unseres Gastgebers huschte ein rasches Bedauern, aber dann ging Adi auch schon hinaus und scheuchte zudem alle gaffenden Anwesenden vor sich her, ehe er die Tür zufallen ließ.

Und ich wandte mich endlich wieder Nadine zu. Ich entfernte den After-Plug samt Schweif aus ihrem Hintern. Dann fing ich an, sie in dasselbe Loch zu ficken, das immer noch ganz feucht, weich und glitschig vom Gleitgel war.

Mein Schwanz glitt mühelos hinein, und der enge Anus des Mädchens ließ mich in den nächsten Minuten eine Lust erleben, wie ich sie vorher noch nicht gekannt hatte.

Und all das fiel mir nun ausgerechnet wieder ein, während ich schweigend neben Adi hermarschierte. Weil er ebenfalls schwieg, ergriff ich schließlich das Wort.

»Willst du mir nicht endlich sagen, was los ist?«

Er blieb stehen, sah mich an und grinste ein wenig.

»Du stirbst vor Neugier, Fabian, was? Also gut, ich mache es kurz: Morgen findet meine Hochzeit statt. Hier im Jagdschloss. Der Priester kommt in die Schlosskapelle, und ebenso der Standesbeamte. Und du ... sollst mein Trauzeuge sein!«

Ich spürte prompt einen riesigen Frosch im Hals und musste mich räuspern. Als ich wieder klar sprechen konnte, sagte ich: »Deshalb also der Ausweis und der dunkle Anzug!«

»Sie ist jung, und ja, auch wunderschön, wie du dir denken kannst. Und sie heißt Annabelle.«

»Gratuliere, Adi! Diese Überraschung ist dir wahrhaftig gelungen, echt.«

»Ich wollte Gerede vermeiden, deshalb habe ich alles im Geheimen vorbereitet und arrangiert. Auch die Einladungen habe ich erst in letzter Minute und nur telefonisch ausgesprochen.«

»Ich verstehe das alles nicht«, erwiderte ich wahrheitsgemäß. »Deine Heirat mit einer jungen und schönen Frau ist doch ein freudiges Ereignis. Warum dann diese Geheimnistuerei?«

»Fabian, das kannst du heute und hier sowieso nicht nachvollziehen. Dazu müsstest du Annabelle und vor allem ihre ganze Vergangenheit kennen ...« Adi hielt inne und begann zu lachen. Es war ein eher ironisches Lachen, jedenfalls kein richtig fröhliches. Zumindest bildete ich mir das ein. Ich beschloss, nicht weiter darauf einzugehen. Stattdessen fragte ich: »Was ist denn da passiert? Ich meine, bis heute hat noch keine Frau es geschafft, dich vor den Traualtar zu zerren. Annabelle muss etwas ganz Besonderes sein.«

»O ja, das ist sie! Vor allem ist sie eine Granate im Bett. Falls es das ist, was dich in erster Linie interessiert, Fabian. So ist es doch, oder?«

Ich blieb stehen und starrte Adi ungläubig an. »Das ist es, was dich mit ihr vor den Traualtar treibt? Sex?«

Er sah mir direkt in die Augen. »Warum denn nicht? Es gibt schlechtere Gründe als diesen, oder nicht?«

Ich glaube, mein Gesichtsausdruck war einfach fassungslos. Denn Adi brach auf einmal in lautes Lachen aus, das dieses Mal tatsächlich ansatzweise fröhlich klang. Dann schlug er mir kräftig auf die Schulter. »Mach den Mund wieder zu, Fabian!«

Wir gingen weiter, ich immer noch fassungslos und deshalb schweigend, während Adi plötzlich gesprächig wurde. Er erzählte mir von Annabelle. Ihrer einfachen Herkunft, der schwierigen Kindheit und Jugend. Und wie sie als blutjunge Frau schließlich beschloss, nie mehr arm und unterdrückt sein zu wollen und aus ihrer Schönheit Kapital zu schlagen.

»Sie machte sich selbständig, sozusagen. Als Callgirl der Luxusklasse für reiche ältere Männer. Sie fand ihre Klienten zuerst im Internet, später über Mundpropaganda. Sie bot spezielle Servicedienstleistungen an. Annabelle machte so ziemlich alles, was auf dem Gebiet der käuflichen Liebe verlangt werden kann. Ich buchte sie eines Tages durch reinen Zufall für eine meiner Masken-Partys. Sie schlug ein wie eine Bombe. Hemmungslos verführte sie jeden, Männer wie auch Frauen.«

Mir blieb wieder die Luft weg. Eben noch hatte ich mich selbst an eine dieser Partys lebhaft erinnert, und an mein eigenes Treiben. Mir stand es also wahrhaftig nicht zu, meinen Freund zu kritisieren. Andererseits – oder auch gerade deswegen – konnte ich mir nicht vorstellen, dass er Annabelle aus rein sexuellen Motiven heiraten wollte ...

»Und trotzdem willst du sie morgen heiraten, Adi? Nimmst du mich auf den Arm, oder bist du verrückt geworden?«

»Weder noch. Ich kann nur nicht mehr ohne diese Frau leben. Lieber würde ich sterben ...«

»Ich verstehe es einfach nicht! Selbst wenn du ihr sexuell hörig bist, so erklärt das doch nicht eine Heirat, Adi, ich bitte dich!«

»Fabian, zerbrich dir nicht meinen Kopf, okay? Ich bin durchaus nicht geistig verwirrt. Es ist einfach, wie es ist! Willst du also morgen mein Trauzeuge sein, ja oder nein?«

»Aber natürlich will ich das! Und ich will vor allem auch, dass du mit ihr ... mit deiner Annabelle glücklich wirst, Adi!«

Er blieb abrupt stehen und lauschte ein Weilchen dem Ruf eines Bussards.

»Was heißt das denn schon: *Glücklich sein!* Glück ist etwas nicht Fassbares, es besteht aus einzelnen und noch dazu seltenen Momenten. Was ich stets wollte, war ein aufregendes Leben, mit Höhen und mit ebensolchen Tiefen. Annabelle bringt diese Höhen und Tiefen mit sich, diese Dinge sind in ihrem Charakter angelegt. Selbst wenn sie wollte, könnte sie das und sich nicht ändern. Diese Frau ist Himmel und Hölle in einer Person, Fabian, glaube mir. Sie hält mich auf Trab. Was kann ein Mann wie ich sich noch mehr wünschen? Und vor allem in meinem Alter?«

Ich musste plötzlich an Patrizia denken. An unsere langjährige kuschelige und darüber hinaus bequeme Affäre. Ohne wirkliche Höhen und ohne ebensolche Tiefen.

Netter einvernehmlicher Sex für zwischendurch, zur Entspannung und zum Zeitvertreib.

Ganz tief drinnen begann ich zu ahnen, was Adi meinen mochte mit seinen Erklärungen. Und ich fing an, ihn in dieser Sekunde insgeheim irgendwie zu beneiden.

Es wurde ein langer Spaziergang, wir redeten noch viel über alte Zeiten und natürlich auch über Kunst, ehe wir uns wieder auf den Rückweg zum Jagdschloss machten.

Im Hof stand mittlerweile eine stattliche Anzahl von Limousinen. Wie erwartet, waren inzwischen auch die anderen Hochzeitsgäste eingetroffen.

Adi zeigte mir einen versteckten Nebeneingang im Seitenflügel, durch den ich unbemerkt direkt hoch in mein Zimmer gehen konnte, um mich ein wenig auszuruhen und anschließend frisch zu machen. Der abendliche Cocktail-Empfang mit anschließendem Candlelight-Dinner sollte erst um 21 Uhr beginnen. Ich hatte also noch genügend Zeit.

Ich zog mich aus und legte mich auf das einladend breite Bett unter dem Seidenbaldachin. Kaum hatte ich die Augen geschlossen, fiel ich auch schon in einen unruhigen Schlaf. Ich träumte von unterirdischen Verliesen voller halb nackter und wunderschöner Frauen. Während ich dort unten umherwanderte, bekam ich eine so starke Erektion, die geradezu nach Entladung schrie und regelrecht schmerzhaft wurde, je weniger ich mich für eine der jungen Damen entscheiden konnte. Ich lief umher wie ein vom Fieber sexuellen Begehrens Getriebener, von einer Kammer in die nächste. Große feste Brüste reckten sich mir unterwegs entgegen, nackte pralle Ärsche, rasierte und stark behaarte Muschis. Dralle Bauernmädchen lächelten mich einladend an, und grazile Städterinnen wollten mich mit Wespentaillen und festen kleinen Brüsten verführen.

Ich konnte mich einfach nicht für eine entscheiden, dabei wurde ich aber gleichzeitig immer erregter und fiebriger.

Schließlich wachte ich wieder auf, meinen harten zuckenden Schwanz hielt ich mit beiden Händen umklammert. Ich war schweißgebadet, und das Blut rauschte mir in den Ohren. Ich sprang hastig auf, um ins angrenzende Badezimmer zu laufen. Ein plötzlicher Schwindel erfasste mich, ich musste mich mit beiden Händen an der Wand abstützen, bis ich wieder klar sehen konnte. Leider war auch meine wunderschöne Erektion verschwunden und mit ihr dieses fieberhafte und gleichzeitig diffuse Begehren.

Nach einer ausgiebigen Dusche schlüpfte ich in eine saubere helle Hose, dazu wählte ich einen edlen braunen Kaschmirpulli aus. Dieser Aufzug musste für den heutigen Abend genügen. Auf eine größere Gesellschaft war ich nicht eingerichtet gewesen, und der dunkle Anzug blieb der Hochzeit vorbehalten. Immerhin hatte ich ja geglaubt, mit Adi allein gemütlich vor dem offenen Kamin zu speisen, wie schon so viele Male zuvor.

Nachdem ich rasiert, angezogen und gestriegelt war, entschloss ich mich, vor dem späten Dinner noch ein wenig frische Luft zu schnappen.

Ich verließ den Seitenflügel wieder durch den versteckten Eingang, und die Sache machte mir auf einmal irgendwie Spaß. Es kam mir nämlich in den Sinn, wie leicht ich später auf diesem Wege ein hübsches Mädchen aus dem Dorf mit auf mein Zimmer schmuggeln und am Morgen wieder unbemerkt entlassen könnte … Und sofort wurde ich bei diesem abenteuerlichen Gedanken auch erneut spitz. Was wiederum dazu führte, dass ich mich um zwanzig Jahre jünger fühlte. Und – hey! – wenn Adi sich mit einer jungen und noch dazu sexy Frau verheiraten konnte, dann sollte auch in meinen Lenden noch genug Feuer vorhanden sein, um … Ein lautes Wiehern unterbrach meinen Gedankengang.

Unversehens war ich bei den Stallungen gelandet, wie ich feststellte.

Drinnen ging es sehr unruhig zu, ich hörte die Pferde laut wiehern und schnauben, außerdem schlugen einige wohl aus und trafen dabei mit den Hufen die Holzwände der Boxen.

Und dann vernahm ich plötzlich ein unverkennbar weibliches Lachen, schließlich den rauen heiseren Bass eines Mannes. Die Stimme des Kerls klang nach einer überschüssigen Ladung Testosteron, ich konnte seine Erregung förmlich *wittern*. Das Lachen der Frau ließ ebenfalls kaum Zweifel daran aufkommen, was dort drinnen im Pferdestall gerade vor sich ging. Womit auch die Unruhe der Pferde erklärt wäre, dachte ich noch.

Im nächsten Moment pirschte ich mich auch schon näher an die Stalltür heran. Ich bemerkte, dass der große Riegel zurückgeschoben und die Tür nur angelehnt war.

Behutsam drückte ich sie einen Spaltbreit auf und zwängte mich lautlos ins warme Halbdunkel des Stalles.

Die Pferde verursachten mit ihrer Unruhe gerade so viel an Geräuschkulisse, dass ich nicht befürchten musste, von dem Pärchen dort drinnen gehört zu werden. Ich nahm weiter an, dass sie in einer der leeren Boxen zugange waren. Bloß in welcher?

Ich hörte die Frau jetzt laut stöhnen, und dann forderte sie ihren Gefährten auf: »Gib's mir so richtig! Mach mir den Hengst. Los, komm schon, ich will deinen Schwanz in meinem Arsch spüren!«

»Du kriegst ihn gleich. Aber erst versohl ich dir noch deinen süßen Arsch, du geiles Stück! Als Strafe dafür, dass du morgen den alten Bock heiratest. Dabei passen wir beide doch viel besser zusammen. Das hast du selbst immer wieder gesagt. Und erzähl mir nicht, dass er dich besser vögelt als ich, der alte Kerl. Du nimmst ihn doch bloß wegen seines Geldes, du …«

Die Frau lachte, es klang glockenhell und aufreizend. Schließlich forderte sie ihn noch weiter heraus. »Du hast ja keins. Und ein dicker harter Schwanz allein macht auf Dauer auch nicht satt, Süßer, das solltest du doch am besten wissen … Aaah, verdammt!«

Die Frauenstimme brach nach diesem letzten erschrockenen Aufschrei ab. Dafür hörte ich jetzt aber ein kräftiges Klatschen, das sich in kurzen Abständen noch mehrere Male wiederholte.

Die Frau jammerte und wimmerte und stöhnte dazu, es war allerdings auch eine Menge Lust aus ihren Schmerzenslauten herauszuhören.

Ich schlich mich vorsichtig an die letzte Pferdebox ganz hinten in einer Ecke des Stalls heran. Von dorther kamen die Geräusche und Stimmen, das war eindeutig. Das Gatter der Box stand sperrangelweit offen, und so kam es, dass ich die Szenerie nun tatsächlich mit eigenen Augen beobachten konnte. Meine Augen hatten sich längst an das Halbdunkel hier drinnen gewöhnt. Das Pärchen wiederum fühlte sich vollkommen sicher in dieser Umgebung und gab sich daher ungehemmt seinen Spielchen hin. Beide hatten ihre Kleider längst abgeworfen, und die Frau befreite sich soeben geschickt aus dem Klammergriff des Mannes. Sie richtete sich dabei zu voller Schönheit auf und warf die langen Haare in den Nacken. Noch kurz davor musste er sie über sein linkes Knie gelegt haben, das konnte ich an seiner Pose erkennen.

Und so bekam ich die atemberaubende Annabelle zum allererstenmal im Leben zu Gesicht …

Gott, wie schön sie ist! Herr im Himmel, in diesem Weib hast du ein wahres Meisterwerk erschaffen. Halleluja!, schoss es mir durch den Kopf.

Volle feste Brüste, rund und prall, wunderschön geformte weiße Schultern. Ein schlanker langer Hals. Die Taille biegsam und schlank. Die Hüften nicht zu schmal und nicht zu breit, dazu ein leicht gewölbtes hübsches Bäuchlein, wie es sonst nur ganz junge Mädchen haben. Feste wohlgeformte Oberschenkel. Ein praller runder Po in perfekter Pfirsichform. Ellenlange Beine mit schlanken Fesseln.

Und dann diese unglaublich verlockende Scham, der Eingang zum Paradies: ein rotgoldenes Dreieck aus ganz kurzen seidig-flaumigen Härchen, die selbst im Halbdunkel des Stalls noch leuchteten und schimmerten. Wie die leibhaftige Sünde selbst.

Auch Annabelles hüftlange Haare glänzten im selben verführerischen rotgoldenen Farbton. Sie fielen ihr in üppigen und doch sanften Wellen über die Schultern, und kleine Löckchen umrahmten die ebenmäßigen Gesichtszüge eines Engels.

Aber dann öffnete der Engel den Mund und heraus sprudelten erneut die unanständigsten und schmutzigsten Wörter, die man sich nur denken kann ... Diesen Widerspruch zwischen Aussehen und Sprache empfand ich als dermaßen erregend ... Ich griff mir unwillkürlich an den Schwanz, der längst schon wieder steif war, und bearbeitete ihn durch die Hose hindurch.

»Du verfickter Hurensohn! Wenn du es mir jetzt nicht endlich ordentlich besorgst, dann vergesse ich mich. Ich schneide dir die Eier ab und brate sie dir morgen zum Frühstück, so wahr ich ...«

Der kräftige jüngere Mann, von dem ich momentan

lediglich die knackige Kehrseite zu sehen bekam, lachte und beugte sich blitzschnell nach vorn, um Annabelle zu packen und an sich zu reißen. Während er ihr das vorlaute Mundwerk mit seinen Lippen sichtlich leidenschaftlich verschloss, schob er gleichzeitig eine Hand zwischen ihre gespreizten Schenkel.

Ich konnte beobachten, wie er zunächst zwei Finger tief in ihre lockende Möse stieß und sie damit eine Weile kräftig fickte. Schließlich schob er ihr noch einen dritten Finger hinein. Und dann noch einen weiteren. Annabelles Fötzchen musste sich vor Geilheit geöffnet haben wie eine Blüte, denn ihr Liebhaber besaß große und kräftige Hände mit ebensolchen Fingern. Kein erigierter Männerschwanz auf der ganzen Welt nahm jemals solche Ausmaße an wie vier von diesen Fingern!

Ich musste hart schlucken, meine Kehle fühlte sich ganz trocken an, und ich befürchtete einen plötzlichen Hustenreiz, der mich unweigerlich verraten würde. Mein Schwanz hatte sich unterdessen weiter aufgebäumt und tobte schmerzhaft in meiner längst zu engen Hose. Beinahe hätte ich auch noch unbedacht aufgestöhnt. Dabei schämte ich mich doch gleichzeitig meiner eigenen rasenden Geilheit, während ich hier den Spanner gab.

Einerseits genoss ich, was ich gerade heimlich beobachtete, aber andererseits schämte ich mich: Immerhin ging es hier um die Braut meines besten Freundes, dessen Trauzeuge ich noch dazu am nächsten Tag spielen sollte! Aber dennoch konnte ich nicht anders, denn ich suhlte mich gewissermaßen in diesen Minuten in meiner eigenen sexuellen Begierde … Ich brachte es nicht über mich, mich still und leise wieder davonzustehlen. Ich war regelrecht willenlos und verdammt scharf zugleich.

Also sah ich auch dabei zu, wie der Kerl die schöne

Braut meines besten Freundes als Nächstes mit dem Rücken gegen die hintere Wand der hölzernen Pferdebox drängte. Er riss seine feucht glänzenden Finger aus ihrer klaffenden Spalte, dann leckte er einen nach dem anderen genüsslich ab.

»Du schmeckst, wie du aussiehst, *Belle*! Siehst du, wie verrückt ich nach dir bin? Ich möchte dich ausschlecken. Ich stecke dir jetzt meine Zunge rein, willst du das? Sag es mir! Bettle darum!«

Sie schien fast ein wenig gelangweilt, zugleich lag ein zufriedener Ausdruck auf ihrem Gesicht, als Annabelle nun schnurrte: »Wenn du es magst, dann bedien dich eben! Leck mich, schleck mich aus, meinetwegen. Aber wenn ich es dir befehle, dann gibst du mir auf der Stelle deinen Schwanz, hörst du?«

Die Art, wie sie sprach, langsam und träge, dabei viel sanfter als zuvor und auch noch gleichzeitig schnurrend vor Behagen, ließ mich vermuten, dass sie gerade zuvor auf seinen stoßenden Fingern das erste Mal gekommen sein musste.

Durch meine Hose hindurch rieb ich heftig meinen eigenen steinharten Schwanz. Während Annabelles Lover nur wenige Meter entfernt jetzt vor ihr auf die Knie ging.

Er näherte sein Gesicht ihrem Busch zwischen den Oberschenkeln und schien sich darin versenken zu wollen.

Ich konnte nur erraten, dass er ihr gerade die Zunge hart in die nasse Ritze stieß und dann tief in ihr Innerstes vordrang, sie dort drinnen leckte und mit der Zungenspitze reizte, bis sie erneut ordinär und viel zu laut wurde vor lauter Geilheit.

»Ja, Tiger, du hast es drauf! Fickst mit der Zunge fast so gut wie mit dem Schwanz!«

Sein Kopf fuhr währenddessen wild und ruckartig vor und zurück, es sah obszön und erregend zugleich aus. Er fickte Annabelle tatsächlich kräftig und ausdauernd mit seiner Zunge, wie ich, aufs Höchste erregt, erkannte.

Meine Hoden zogen sich bei diesem geilen Anblick zusammen, ich spürte den Explosionspunkt nahen und wollte ihn doch so gerne noch hinauszögern.

Ich wollte erst kommen, wenn der Kerl dort drüben seinen eigenen Riemen tief in Annabelles Schoß versenkte und schließlich mit einem verräterischen Aufschrei tief in ihr abspritzte. Dann nämlich konnte ich mir im kurzen köstlichen Augenblick des eigenen Höhepunkts vormachen, dass ich selbst es war, der sie gerade um den Verstand fickte.

Denn genau das wünschte ich mir in diesen Augenblicken so sehr wie nichts anderes auf der Welt: Ich wollte dieses Mädchen haben und besitzen, wenigstens einmal!

Ich wollte ihre nasse Muschi vorne auf meiner Schwanzspitze spüren, ich wollte sie schreien hören und dabei ihre Brüste mit meinen Händen massieren, die steifen Nippel zwischen Daumen und Zeigefinger zwirbeln, meine Zunge tief in ihre Kehle schieben – und dann gleichzeitig mit ihr den Gipfel stürmen.

Ich wollte, dass sie sich schweißnass in meinen Armen wand, ihre grenzenlose Lust laut herausschrie und hinterher erschöpft und mit diesem selbstvergessenen Gesichtsausdruck in meinen Armen lag.

Ich wollte sie anschließend ins Badezimmer tragen, sie in die Wanne legen und diese mit heißem Wasser volllaufen lassen. Und dann wollte ich sie im duftenden Schaumbad gleich noch einmal nehmen, aber dieses Mal langsam und ausdauernd.

Ficken wollte ich sie, bis ihr Hören und Sehen verging.

Ich wollte sie erobern, sie verrückt machen, meine Männlichkeit unter Beweis stellen. Ich wollte ihr zeigen, dass ich es noch draufhatte, jederzeit. Nur für sie!

Und ganz zum Schluss würde ich dann gerne an einem plötzlichen Herzversagen sterben, in der Badewanne und in ihren Armen ...

Annabelle seufzte soeben laut auf, drüben in der Box, und riss mich dadurch aus meiner selbstvergessenen unheiligen Ekstase. Ich hatte es gerade noch geschafft, nicht unkontrolliert abzuspritzen, weil mir eine andere Vorstellung durch den Sinn ging ...

Der Gedanke frustrierte mich, dass die göttliche Annabelle bald schon in Adis Armen liegen würde. Grenzenlose Eifersucht tobte in mir.

Ich gönnte Annabelle eher dem jungen Stecher, der gerade mit ihr in der Pferdebox zugange war, als meinem besten Freund!

Adi ist so alt wie ich, wieso kriegt er sie und ich nicht?!, sagte ich mir.

Annabelles Lover hatte unterdessen unbekümmert Adis Braut um die Hüften gepackt und wirbelte sie herum, bis sie mit dem Gesicht zur Rückwand der Pferdebox blickte.

Sie streckte ihren prächtigen Arsch weiter heraus und knickte so ein bisschen in der Hüfte ein, dabei stützte sie sich mit beiden Händen an der Boxenwand an. Ihr Kerl drang nun von hinten mit einem einzigen Stoß tief ein ins Paradies, nach dem ich selbst mich verzehrte.

Für einen kurzen Augenblick konnte ich seinen dicken erigierten Schwanz in voller Pracht sehen, ehe er sich wieder bis zum Anschlag in Annabelle versenkte. Ein Ständer von beträchtlichen Ausmaßen!

Während der Liebhaber Adis Braut so heftig vögelte,

bis ihre vollen festen Brüste im Rhythmus seiner Stöße unter ihr hin und her schwangen wie ein Paar wild geläuteter Kirchenglocken, packte mich erneut tiefe Scham über mein eigenes moralisches Versagen.

Ich war als Freund und Trauzeuge eine absolute Niete, so klagte ich mich selbst schuldbewusst an.

Der Gedanke machte mich fertig, ich bekam einen Schweißausbruch und mein Schwanz fiel kläglich in sich zusammen. Mit einem Mal war meine Lust endgültig und vollständig verschwunden.

Ich schlich mich leise aus dem Pferdestall hinaus an die frische Luft. Ich brauchte jetzt unbedingt einen weiteren kleinen Spaziergang, bis ich mich einigermaßen innerlich beruhigt hatte.

Mit zügigen Schritten marschierte ich los und ordnete dabei meine wirren Gedanken, bis es mir wieder besser ging. Anschließend fand ich mich sogar noch pünktlich zum Aperitif vor dem Kamin ein.

Es brauchte dennoch zwei große Malt Whiskey auf Eis, bis ich auch wieder so weit war, Bedauern empfinden zu können. Darüber, dass ich vorhin im Stall einen erlösenden Samenerguss aus eigener Schuld verpasst hatte.

Annabelle trug an diesem Vorabend ihrer Hochzeit mit Adi ein hochgeschlossenes enges schwarzes Seidenkleid. Sie sah sehr schön und *ladylike* zugleich darin aus. Ihr Haar hatte sie hochgesteckt, nur einige wenige Löckchen umrahmten das herzförmige Gesicht.

Ein Paar edler Perlenohrringe und ein schmaler Goldreif am linken Ringfinger waren alles an Schmuck dazu.

Niemand hätte hinter dieser klassisch-eleganten Aufmachung eine Edelhure vermutet. Annabelle wirkte jung, unschuldig und irgendwie verletzlich. Die Art und Weise, wie sie zu Adi aufschaute, als er sie uns Gästen der Reihe nach offiziell vorstellte, legte die Vermutung nahe, hier habe eine überaus zarte Frauenseele ihren ersehnten Beschützer und Helden gefunden.

»Du Glückspilz!«, sagte ich leise zu Adi, als er wenige Minuten später mit einem Glas Wein in der Hand neben mir am Kamin stand. »Du liebst sie sehr, nicht wahr?«

Adi zögerte den Bruchteil einer Sekunde, dann nickte er. »Ja, obwohl sie eine Teufelin ist. So schön ihr Äußeres auch wirkt, sie hat einen durch und durch schlechten Charakter.« Er lachte auf, es klang sarkastisch.

Mir blieb für einen kurzen Moment die Luft weg.

»Aber du heiratest sie morgen, Mann! Wieso habe ich bloß das Gefühl, dass du mich auf den Arm nimmst, Adi?«

»Das tue ich nicht, Fabian, ehrlich! Und du bist mein bester und ältester Freund. Wenn ich dir die Wahrheit nicht zumuten kann, wem dann?«

Anschließend ließ Adi mich allein am Kamin zurück und wandte sich den anderen Gästen zu. Plötzlich schien er wieder bester Laune zu sein.

In dieser Nacht lag ich später noch viele Stunden wach und wälzte mich von einer Seite auf die andere. Ich dachte vor allem über die letzten Worte nach, die Adi gesagt hatte, als wir beide allein nach dem Dinner noch einen Absacker zusammen tranken. Die anderen Gäste und auch Annabelle hatten sich zu diesem Zeitpunkt bereits auf ihre Zimmer begeben. Die Trauung war für zehn Uhr morgens angesetzt, jeder wollte frisch und erholt erscheinen.

»Und die Sache so lange zu verheimlichen, ich muss schon sagen, Adi! Wenigstens mir hättest du doch …«, begann ich und hob mein Glas, um mit dem Bräutigam in spe anzustoßen.

»Ich bin gerne vorsichtig, Fabian, das weißt du doch!«, erwiderte Adi mit einem trockenen Lachen. »Ich dachte mir, es wäre besser, wenn du Annabelle erst kurz vor der Trauung zu Gesicht bekämst. Immerhin könnte ihre Schönheit auch dir den Kopf verdrehen. Ich wollte dir keine Gelegenheit geben, noch heimlich mit ihr durchzubrennen …« Wieder lachte Adi, allerdings war sein Blick seltsam flackernd.

»Obwohl, vermutlich würde sie das ohnehin nicht tun. Mit dir durchbrennen, meine ich. Du, Fabian, bist ja nur ein Künstler. Ich hingegen kann ihr einen Adelstitel und ein beträchtliches Erbe bieten«, fügte er hinzu.

Die Trauung am nächsten Morgen ging kurz und schmerzlos über die Bühne. Ich spielte brav die Rolle des Trauzeugen und setzte meine Unterschrift auf dem Papier des Standesbeamten direkt unter die des Bräutigams.

Anschließend hielt der Pfarrer in der schönen alten Kapelle, die zum Jagdschloss gehörte, eine kurze Predigt. Adi und Annabelle wechselten vor dem Altar die Ringe. Und dann war der offizielle Teil auch schon vorbei.

Es gab ein opulentes Mittagsmahl, hinterher noch Kaffee und Kuchen. Danach verabschiedeten sich die Gäste, ich reiste ebenfalls ab.

*

Die nächsten beiden Jahre hörte ich nichts mehr von Adi und Annabelle. Dann erreichte mich die Nachricht von Adis Tod. Ein Jagdunfall, hieß es. Aus seinem Jagdgewehr musste sich ein Schuss gelöst haben, versehentlich. Adi war allein mit Anja, seiner Hündin, unterwegs gewesen. Annabelle hatte den Schuss während ihres nachmittäglichen Ausritts gehört, sich aber nichts dabei gedacht. Als Adi abends nicht zurückkehrte, hatte sie Leute aus dem Dorf alarmiert. Die fanden Adi schließlich. Tot.

Ich fuhr zur Beerdigung.

Annabelle erschien mir noch schöner als früher. Sie wirkte sehr gefasst, alles in allem. Nach der Trauerfeier bat sie mich zu meiner Überraschung, noch wenigstens ein oder zwei Tage im Jagdschloss zu bleiben. Am nächsten Tag sollte die Testamentseröffnung stattfinden. Als besten Freund ihres verstorbenen Mannes wollte sie mich gerne dabeihaben.

Es stellte sich heraus, dass Annabelle nur das – allerdings beachtliche – Bargeldvermögen geerbt hatte. Das Jagdschloss und der gesamte Grundbesitz gingen in die Hände einer gemeinnützigen Stiftung über.

Mir fiel auf, dass Annabelle nach dieser Eröffnung bleich wurde und zu zittern begann.

Ich legte ihr schützend meinen Arm um die Schultern. Sie schmiegte sich an mich.

In der kommenden Nacht verführte sie mich …

Ich lag schon im Bett, als Annabelle leise zu mir ins Zimmer schlüpfte. Als sie neben mir unter die Bettdecke glitt, hatte ich bereits einen beachtlichen Steifen.

Sie streifte mir kurzerhand die Boxershorts über die Hüften. Dann nahm sie meinen Schwanz in den Mund und verwöhnte mich ein Weilchen nach allen Regeln der Kunst.

Annabelle hatte wirklich den richtigen Zungenschlag beim Blowjob drauf: Sie wusste genau, wie und wo man einen Schwanz lecken musste, um ihm allerhöchstes Vergnügen zu bereiten.

Ich wand mich vor Lust und stieß ihr immer wieder

mein Becken entgegen, bis mein Ständer tief in Annabelles Kehle verschwand. Nach einem Weilchen allerdings ließen meine Kräfte nach, und ich lag nur noch still da und genoss, was sie mit mir anstellte.

Ihre Zungenspitze fand irgendwann die kleine Vertiefung oben auf der Eichel, der sie sich nun voller Hingabe widmete.

Mein Schwanz sonderte vor Begeisterung einen dicken Lusttropfen nach dem anderen ab. Und Annabelle leckte alles willig wie ein Schmusekätzchen und sogar vor purem Vergnügen schnurrend weg.

Ihre Zunge huschte immer wieder unter sanftem und feuchtem Druck über die Eichel hinweg, und fuhr dann an meinem wild pulsierenden steinharten Schaft bis ganz nach unten.

Dort fand sie schließlich auch die prallen Hodensäcke und leckte auch diese so ausgiebig und zärtlich zugleich, bis es mir fast kam.

Annabelle war jedoch erfahren genug, um meine plötzlichen Zuckungen und mein wildes Aufstöhnen sofort richtig zu deuten. Sie hörte gerade noch rechtzeitig auf, mich dort unten zu lecken. Dafür hockte sie sich jedoch nur einen Augenblick später rittlings mit ihrer klatschnassen Möse auf mich und vernaschte mich dann in der Reiterposition.

Ich lag unten, sie – die wilde, feurige Amazone – thronte obenauf, aufgespießt auf meinem steinharten Sattelknauf, und bezähmte mich, in jeglicher Hinsicht!

In immer schneller werdendem Galopp ritt sie mich regelrecht zu, als wäre ich ein störrisches Wildpferd, das abgerichtet werden musste. Bis mir schließlich Tausende greller Sternchen vor den Augen tanzten und ich mich in sie ergoss.

Als das passierte, schrien wir beide gleichzeitig unsere Lust ungeniert und lauthals heraus. Ich konnte spüren, wie ihre saftige Scheide sich um meinen Schwanz herum verkrampfte, und das immer wieder, in einem ungeheuer geilen Rhythmus.

Als sie ein wenig später von mir herunterstieg und sich dann im Bett eng an mich kuschelte, da war ich ihr endgültig verfallen.

*

So, jetzt wird es aber Zeit, mit den Aufzeichnungen meiner gesammelten Erinnerungen für heute Schluss zu machen.

Ich will noch ein wenig malen, und auf dem Tisch im Gewehrzimmer unten warten die Jagdflinten darauf, endlich wieder einmal gereinigt zu werden.

Morgen ist es genau ein Jahr her, dass ich Annabelle gebeten habe, meine Frau zu werden. Wir führen eine recht moderne Ehe: Jeder tut, was er will, und manchmal kriege ich sie tagelang nicht zu Gesicht.

Ah, gerade ist sie zurückgekommen!

Sie schleicht durchs Haus, aber ich habe immer noch Ohren wie ein Luchs ...

*

Sehr geehrter Herr Staatsanwalt,

meine Mandantin, Frau Patrizia Lahn, hat mich heute beauftragt, beiliegende schriftliche Aussage ihrerseits – sowie die diesem Schreiben ebenfalls beiliegende Ton-Aufnahme – an die zuständige Gerichtsbarkeit weiterzuleiten.

Frau Patrizia Lahn war die Geliebte des verstorbenen Herrn Fabian Kerner. Das Verhältnis endete vor gut einem Jahr vorübergehend, als der verstorbene Herr Kerner seine Frau Annabelle, verwitwete Frau von Wartburg, ehelichte. Die Verbindung zwischen den Eheleuten gestaltete sich zunehmend schwierig. Weshalb Fabian Kerner das Verhältnis mit meiner Mandantin auch bald schon wieder fortsetzte.

Frau Patrizia Lahn hielt sich im Atelier auf, als der angebliche Unfall mit dem Jagdgewehr passierte. Sie bekam einen Streit der Eheleute mit, der sich im angrenzenden Arbeitszimmer ihres Geliebten abspielte. Geistesgegenwärtig schaltete sie die Aufnahmefunktion ihres Handys ein.

Als die Ehefrau des Getöteten nach unten ging, um die Polizei zu rufen, verließ meine Mandantin das Haus über die Feuertreppe.

Frau Lahn stand unter schwerem Schock und musste sich umgehend in ärztliche Behandlung begeben. Dieser Umstand erklärt, warum sie sich erst danach zur Aussage entschloss.

Ich denke, die beiliegende Mitschrift sowie das Tondokument bedürfen keines weiteren Kommentars von meiner Seite aus.

Hochachtungsvoll
Dr. Sabine Lauer
Rechtsanwältin / Strafverteidigerin

»Ah, Annabelle! Aber … was willst du denn mit meinem Jagdgewehr? Sei vorsichtig, Liebling, es ist geladen …«

Der Kalendermann

Er ist ein Traummann. So einer, bei dem kaum eine Frau nein sagen kann. Jedenfalls glaube ich das, denn ich selber kann mich ja auch kaum bei seinem Anblick zurückhalten. Meine Knie beginnen zu zittern. Ich stehe wie festgenagelt in der Küche und starre ihn wieder einmal bloß an. Es ist seltsam, welche Macht dieser Fremde mittlerweile über mich hat. Dabei bin ich durchaus ein wählerischer Typ Frau, wenn es um Männer geht, und überhaupt.

Er besitzt diesen gewissen Blick eines gefährlichen Raubtiers, dunkel, ernst und unergründlich. Ich versuche, seinem Blick zu entkommen, indem ich mich umdrehe. Meine Knie zittern aber weiter heftig, ich beuge mich nach vorn und stütze mich hilfesuchend am Küchentisch ab.

Mein Po reckt sich in dieser Stellung einladend nach oben, das weiß ich. Ich wackle zur Probe aufreizend mit den Hüften. Ich stelle mir vor, wie sich der Beau jetzt gerade klammheimlich hinter meinem Rücken an mich heranmacht. Dann spüre ich auch schon deutlich die harte Beule in seiner schwarzen Lederhose, als er sich plötzlich eng an mich drängt. Ich lächle zufrieden in mich hinein.

Spontan drehe ich mich wieder zu ihm herum. Ich wechsle quasi zurück in die frontale Nahaufnahme, denn ich will ihm in die Augen blicken, wenn ich komme. Und ich glaube, das wird bald passieren, denn schon pulsiert mein tropfendes Möschen wie wild, und der Lustsaft läuft mir an den Innenseiten der Schenkel herunter. Außerdem beginne ich immer stärker zu schwitzen, und meine Wangen und die Stirn glühen regelrecht. Das alles sind in meinem Fall untrügliche Anzeichen für einen nahenden Höhepunkt.

Aber noch will ich den Orgasmus nicht zulassen! Echte Befriedigung verlangt in meinen Augen nach lustvoller Verzögerung, nach größtmöglicher Steigerung der erotischen Spannung, bis sie beinahe unerträglich wird ... Ich brauche dringend irgendetwas Hartes, Großes, Rundes, um dieses Ding dann tief in meine Möse einzuführen und dort einige Male schnell im Kreis zu wirbeln, bis die Muskeln der Vagina sich tief drinnen rhythmisch um den Fremdkörper krampfen, an ihm saugen wie an einem Männerschwanz ...

Ich lächle den Beau einladend an, in der Hoffnung, dieses Lächeln meinerseits würde etwas bei ihm bewirken. Würde ich auch heute wieder das wilde Raubtier aus ihm herauslocken?

Ich sehe ihm in die Augen, und mir scheint, sein Blick wird gerade um einen winzigen Tick dunkler und unergründlicher. Ich merke, wie ich mich in diesem Blick auflöse und allmählich die Bodenhaftung verliere. Meine Knie sind immer noch ganz weich und zittern. Durch mein Becken rasen erste heiße Lustschauer, die feinen Härchen auf meinen Armen richten sich auf.

Ich kann nicht anders und dränge mich jetzt meinerseits schamlos an ihn. Er lässt es zu. Die harte Beule vorn in seiner schwarzen Lederhose drängt sich zwischen meine zitternden gespreizten Schenkel. Ich spüre, wie meine äußeren Schamlippen sich zu öffnen beginnen. Rasch greife ich mir unters Kleidchen und zerre den Slip herunter. Die Lustsäfte können jetzt ungehindert aus mir herausfließen und vorn auf dem dünnen Sommerkleid einen großen feuchten Fleck hinterlassen.

Langsam und genüsslich schiebe ich aus den Hüften heraus das Becken nach vorn und presse dabei die Pobacken zusammen. Ein Lustschauer lässt mich erbeben, als ich auf der harten Lederbeule andocke. Ich beginne, auf den Fersen federnd zu wippen, das verstärkt die Reibung zwischen meinen Schenkeln, und meine Möse sprudelt wie ein Lustbrunnen.

Der Druck auf die Klitoris nimmt jetzt ebenfalls stetig zu, die Perle schwillt stark an und pocht und puckert wie verrückt. In meinem Bauch erheben tausend Schmetterlinge die Flügel und beginnen zu flattern. Ein feiner Schweißfilm überzieht meinen ganzen Körper. Unwillkürlich beginne ich lauter zu keuchen und zu hecheln, schließlich auch noch zu stöhnen, während Hüften und Becken wilder kreisen.

Draußen im Flur klingelt das verdammte Telefon, aber ich bin längst viel zu notgeil und auch zu erregt, um das hier einfach zu unterbrechen und ranzugehen. Ich könnte wirklich nicht, selbst wenn ich es wollte! Das Zittern in meiner Stimme und Krächzen meiner belegten Stimmbänder würden mich sofort verraten, würden Zeugnis ablegen von der Anwesenheit eines wahnsinnig attraktiven Fremden hier bei mir zu Hause.

Sollte es gar Tobias sein, so würde er auf der Stelle wissen, was Sache ist. Er hat mich schon nach unserer zweiten oder dritten gemeinsamen Nacht aufgeklärt … »Mia, deine Stimme klingt unglaublich dunkel und rau, wenn du Lust hast.«

Draußen im Flur springt der Anrufbeantworter an.

»Mia, ich weiß, du bist zu Hause, dein Wagen steht im Hof!«

Es ist Angela, meine Nachbarin linker Hand. Unsere Ehemänner sind befreundet. Ich werde ihr später erzählen, ich wäre mit dem Rad zum Supermarkt gefahren. Wegen der gefüllten Lachsforelle, die sich Tobias für heute Abend gewünscht hat.

Draußen im Flur klickt es, dann herrscht wieder Ruhe.

Ich werfe dem dunklen Fremden in meiner Küche erneut einen frechen und einladenden Blick zu. Er erwidert ihn lüstern. Seine fast schwarzen Pupillen wirken plötzlich riesig. Ein feines triumphierendes Lächeln umspielt seine sinnlichen Lippen. Ich erkenne den Triumph deutlich, den er gerade verspürt. Er freut sich über meine freiwillige Unterwerfung. Auch wenn sein Lächeln nur den Bruchteil einer Sekunde andauert. Er will mich, er begehrt mich, nach wie vor und immer wieder. So oft ich es will, und wann ich es will.

Sofort bin ich wieder heiß vor Verlangen und Begierde. Ich spüre, wie die großen braunen Knospen meiner Brüste sich zusammenziehen und fast schon schmerzhaft hart werden. Die cremefarbene Spitze des leichten sommerlichen BHs reibt und schabt bei jeder noch so kleinen Bewegung über die extrem aufgerichteten Nippel. Ein unglaublich intensiver Lustschauer läuft mir gerade den Rücken herunter. So empfindlich wie heute waren meine Brüste noch selten!

Ich dränge mich ganz nah an meinen schönen Liebhaber heran. Da schiebt er leise seufzend eine Hand in den V-Ausschnitt meines tomatenroten Wickelkleidchens und kneift mich auch schon mit zwei Fingern hart in die rechte Brustknospe. Der kurze scharfe Schmerz schickt prompt ein feuriges Signal bis hinunter zwischen meine Beine. Dort nimmt es die Möse umgehend auf und wandelt es um in einen heftigen grellen Lustblitz. Ein Schwall warmer klebriger Flüssigkeit sickert aus meiner Muschi.

Mein Lover sieht mir in diesem Moment wieder in die Augen und versucht meinen Blick festzuhalten. Meine Pupillen weiten sich, und gleichzeitig beginnen sich meine Augen vor Lust und Begierde zu verschleiern. Ich bin definitiv an diesem gewissen Punkt angelangt, und er weiß es.

Dennoch lasse ich meine Blicke nun nach unten schweifen, ich kann nicht anders. Ich finde seinen Körper so unfassbar männlich und atemberaubend attraktiv, ich muss ihn einfach mustern. Sein bloßer Anblick törnt mich ungeheuer an und bringt mich nahe an den Rand des Orgasmus.

Ich starre ihm wie hypnotisiert in den Schritt. Ich lecke mir unwillkürlich mit der Zungenspitze über die Unterlippe.

Loverboy beobachtet mich dabei, das spüre ich.

Jetzt … Ah ja, er hat soeben lüstern geseufzt und etwas gemurmelt: »Hey, Babe, das ist gut, mach das noch mal! Leck dir die Lippe, ja soooo. Ah ja! Du machst mich unsagbar scharf, Sweetie. Ich werde dich ficken, dass dir Hören und Sehen vergeht, das willst du doch, oder?«

»Jaaa …«, stoße ich hervor. »Verdammt, das will ich, dich will ich, du bist ein lebender Wahnsinn. Dein Schwanz ist der schönste, der je meine Muschi verwöhnen durfte …« Ich halte inne und lausche. Ich habe viel zu laut geredet, und das bei offenen Fenstern im ganzen Haus. Vielleicht schleicht Angela ja gerade durch unseren Garten, auf der Suche nach mir?

In der Küche ist es plötzlich unheimlich still. Ich halte

gespannt den Atem an, und mein Lover tut das ebenfalls. Sein herber männlicher Geruch dringt in meine Nase und macht mich teuflisch an. Er riecht genau so, wie ein Mann für mich riechen muss. Sauber und dennoch nach wildem Kerl, irgendwie. Genauer erklären kann ich den speziellen Duft nicht, jedenfalls nicht mit Worten. Aber ich erkenne ihn sofort, wenn er mir irgendwo begegnet. Ich kriege davon immer, wirklich immer und überall, eine feuchte Muschi. Leider riechen nicht viele Männer so. Schade eigentlich – ich würde dauererregt durchs Leben schweben. Ein schöner Gedanke.

Ich mustere ein Weilchen bewundernd die gebräunten Muskelstränge an seinen Armen. Er hat schöne Arme, schöne Hände, schöne Füße! Gott, er ist so unfassbar sexy, dass mir sein bloßer Anblick fast weh tut. In der Seele und in der Möse. Es ist aber zum Glück ein süßer Schmerz, ziehend, pochend, verlangend, erregend.

Durch das geöffnete Fenster dringen überdeutlich die verschiedenen sommerlichen Geräusche des Gartens und lassen meine Trommelfelle vibrieren. Ich bin dermaßen übererregt im Moment – jedes Geräusch löst in meinem Unterleib ein mittelschweres Beben aus: Vogelgezwitscher, Bienensummen, Zirpen. Es zwitschert, summt und zirpt rhythmisch in meinem Bauch, und in der Muschi auch.

Ich werfe den Kopf in den Nacken und blicke meinem Liebhaber erneut voll in die Augen, damit er meine riesigen Pupillen sieht und den sexy Blick.

Er grinst prompt teuflisch zufrieden und packt mich plötzlich fest um die Hüften, zieht mich eng an sich. Meine Möse tobt, als sich der lederumhüllte Schwanz neuerlich von außen an ihr reibt. Die Schamlippen öffnen sich, der Kitzler steht stramm.

Ein sehnsüchtiger Seufzer dringt rau aus meiner trockenen Kehle und lädt die Stille der Küche elektrostatisch auf. Ach, ich würde so viel darum geben, jetzt mit meinem Lover splitternackt irgendwo draußen auf einer Wiese in einem duftenden Heuhaufen zu liegen!

»Hast du es schon mal im Freien in einem Heuhaufen getrieben?«, frage ich ihn.

Seine Stimme klingt heiser vor Erregung, als er antwortet: »Nein, das habe ich mir für dich aufgehoben! Wir werden es bald tun, noch in diesem Sommer, Mia.«

Meine Möse beginnt vor Verlangen regelrecht zu jucken.

»Ehrlich? Versprochen?«, keuche ich.

»Ehrlich versprochen, Sugar!«, erwidert er ernst.

Ich glaube ihm, weil er nicht mal lächelt, als er die Worte hervorstößt. Seine breite Brust schwillt an. Das verrät mir: Er ist genauso erregt von der Idee mit dem Heuhaufen wie ich!

»Ich werde deine entblößte Muschi mit stachlig langen Halmen streicheln, bevor ich dich ficke, Baby!«

Ich stöhne zu seinen Worten und starre ihn fasziniert und erregt an. Ich versuche zu schlucken, aber meine Kehle ist völlig ausgetrocknet, es hat keinen Zweck. Dafür ist allerdings meine Muschi richtig nass. Klatschnass.

Er starrt zurück, und ich lese in seinen Augen, was er gerade denkt. Er denkt ans Heu, und ich kann die Heuhalme spüren, als er einige davon durch meine Spalte zieht. Er pikst schließlich mit einem einzelnen Halm in meinen geschwollenen Kitzler, und das lässt mich fast explodieren … Rasch klemme ich die Schenkel zusammen und atme tief durch.

Er lächelt wieder dieses feine Lächeln, voller Triumph

und Zuneigung zugleich. Meine Blicke saugen sich an ihm fest, während meine Möse sich allmählich etwas beruhigt.

Er macht mich so höllisch an, es darf einfach nicht wahr sein!, geht es mir durch den Kopf.

Er trägt auf der bloßen Haut eine ärmellose schwarze Weste aus diesem dünnen weichen Ziegenleder, aus dem auch die Hose ist.

Die Weste hat vorn einen goldfarbenen Reißverschluss, der bis weit hinunter offen steht. Der entstandene Ausschnitt bildet ein geradezu obszön unanständiges V. Ein verdammt erregendes V … dessen Spitze zielt nämlich direkt auf den deutlich sichtbaren Hosenschlitz, der gleich unter dem Rand der Lederweste anfängt.

Eine dunkle gekräuselte Linie kurzer Härchen ziert die breite Männerbrust vom Jochbein beginnend und abwärts, bis die Linie schließlich hinter und unter dem Reißverschluss der Lederweste verschwindet. Natürlich hört sie hier nicht einfach auf. Ab hier wird es sogar erst so richtig interessant. Aber leider lässt er mich das momentan noch nicht sehen, der gemeine Kerl.

Ich schließe kurz die Augen und stelle mir eben vor, wie die dunkle Haarlinie seinen wunderschönen runden Bauchnabel erreicht. Hier endet der sichtbare Bereich, aber ich weiß: Die Linie zieht sich direkt unterhalb des Nabels weiter abwärts. Bis sie schließlich in dem dunklen und ästhetisch kurz gestutzten Nest verschwindet, dessen Anblick alleine mich immer wieder aufs Neue so richtig scharf macht.

So, jetzt ist es aber genug, ich halte es nicht mehr länger aus! Heute spannt er mich ein bisschen zu sehr auf die Folter, ehe er endlich zur Tat schreitet. Er macht das absichtlich, er will mich herausfordern, ich weiß es ja. Er will es hören, also werde ich es ihm jetzt befehlen. Er wartet nur auf seinen Einsatz ...

»Zeig mir deinen Schwanz!«, fordere ich ihn auf.

Ich lecke mir über die Lippen, mein Atem kommt stoßweise, in der Küche ist es ansonsten ganz still.

Mein Liebhaber öffnet schweigend zuerst den Knopf oben am Hosenbund und zieht dann quälend langsam den Reißverschluss herunter.

Meine Blicke folgen seiner Hand, der Hosenstall klafft bereits ein gutes Stück weit auf. Ich sehe etwas Dunkles hervorblitzen, es sind seine gekräuselten schwarzen kurz gestutzten Schamhaare. Das sexy dunkle Nest, aus dem der Schwanz gleich auf und in meine fiebernde Hand springen wird!

Ich kann es kaum erwarten: Die samtweiche Haut, die seinen steifen Penis umhüllt, fühlt sich in meiner Hand an wie ... Ach, mir fehlen die richtigen Worte auch dafür!

Meine Muschi weiß es aber auch so ganz genau, sie kennt das Gefühl sogar noch intimer, wenn er langsam in sie dringt und sie lustvoll dehnt.

Ich spüre, wie ich meine Muschi ganz heiß vor Verlangen wird, alleine von dem bloßen Gedanken an die Berührung!

»Sieh her, Mia!«, fordert mein Beau mich burschikos auf.

Als ob ich meine Augen noch bewegen könnte ... Meine Blicke kleben längst zwischen seinen herrlich muskulösen lederumhüllten Männerschenkeln.

Er greift jetzt beherzt hinein in den offenen Hosenstall und zieht ihn heraus, seinen prächtigen Schwanz.

Er steht ihm längst, kerzengerade ragt er auf, prall zeigt er lüstern auf mich. Lang ist er und dick ... zum Bersten angeschwollen. Die nackte Haube leuchtet purpurfarben und signalisiert mir so seine Erregung.

Er begehrt mich so offensichtlich, und ich freue mich so diebisch darüber! Ich lange nach seinem Schaft, den er mir sofort bereitwillig überlässt. Ich ziehe die Vorhaut genüsslich langsam immer weiter zurück. Ich glaube, ein leises Schmatzen dabei zu hören, und komme davon beinahe. Aber noch immer will ich nicht kommen …

Rasch hole ich tief Luft, um mich ein wenig zu beruhigen. Alles Blut aus meinem Körper scheint sich mittlerweile in meiner stark geschwollenen Möse versammelt zu haben. Sie fühlt sich prall an wie eine überreife Frucht, außerdem pocht sie wie wild … Ich weiß, dass ich jetzt tatsächlich bald explodieren muss, sonst vergehe ich noch. Ein tiefes Stöhnen dringt über meine Lippen, ich höre selbst, wie laut und obszön es klingt, und halte unwillkürlich sekundenlang den Atem an. Prompt höre ich das Blut aus meiner Möse bis hinauf in die Ohren rauschen. An meinem Hals klopft eine Ader heftig im Takt meines erregten Pulsschlages.

Mir bricht ein weiteres Mal der Schweiß aus und läuft in kleinen Rinnsalen zwischen den Brüsten und auch hinten über den Rücken hinunter. Ich möchte mir gerne das Kleid vom Leib reißen, aber dafür ist es jetzt wohl schon zu spät. Ich stehe so kurz vor einem explosionsartigen Höhepunkt, da kann und will ich das hier nicht mehr unterbrechen. Außerdem zittern meine Knie und die Schenkel viel zu sehr, ich würde womöglich umkippen und auf den Küchenboden knallen. Außerdem halte ich seinen Schwanz in meiner Hand, wo er noch weiter wächst und mich durch seinen herben Geruch endgültig an den Rand des sexuellen Wahnsinns treibt: Nein, ich kann ihn jetzt nicht loslassen, um mein Kleid abzustreifen. Soll er mich doch darin ficken, soll der Fetzen doch ruhig zerknittern!

Ich fange an, an seinem großen dicken Schwanz auf und ab zu reiben, mit kräftigen, langsamen und fast obszön wirkenden Bewegungen meiner Hand. Vor meinen hungrigen Blicken schwillt sein Penis dabei immer noch weiter an. Vor allem die glänzende Eichel oben zuckt immer wieder, als wolle sie jeden Moment aufplatzen vor Geilheit und eine kräftige Kaskade seines Saftes über die volle Länge meines Küchentisches verspritzen.

Er knurrt leise und erregt, während ich ihn schneller wichse. Allerdings bleibt das schöne Gesicht meines Beaus völlig unbewegt. Nur sein dunkler Blick bohrt sich wie eine scharfe Lanze in meinen. Seine schwarzen riesigen Pupillen drohen mich zu verschlingen. Sie lodern geradezu und setzen mit ihrem Feuer meine Seele und mein Herz in Brand. Sie machen mich zu einem willenlosen Geschöpf seiner Gelüste, so scheint es! Dabei weiß ich es doch ganz genau: Er ist mir ergeben, er dient meinen Gelüsten. Er ist es, der im Grunde willenlos mir gegenüber ist! Auch wenn er es nicht zeigt, jedenfalls nicht mit seinem Gesichtsausdruck.

Mit den Augen befiehlt er mir, mich jetzt an ihm zu bedienen, ihn zu reiten.

Ich verstehe: Er will nicht in meiner Hand kommen, sondern tief drinnen in meiner sprudelnden Muschi. Und ich will genau dasselbe.

Ich dirigiere ihn mit einer Hand zwischen meine Schenkel und spreize mit der anderen die Schamlippen. Er legt seine Hände dafür um meine Brüste und massiert sie auf eine Art und Weise, die mich wieder laut stöhnen lässt.

Die Eichel seines steinharten Schwanzes durchbricht den engen Muskelring, der meine Vagina bewacht. Es ist ein unbeschreiblich geiles Gefühl, wie mich die Spitze dieses göttlichen Instruments aufspaltet, mich Zentimeter für Zentimeter erobert, weitet, dehnt, fickt, vögelt, stößt und gleichzeitig doch auch zärtlich mit mir Liebe macht.

Meine Möse fängt sofort Feuer, sie schießt heiße Blitze bis hinauf in meine Brustspitzen ab, die sowieso schon hart und extrem geschwollen sind und sich durch BH und Kleiderstoff hindurch in *seine* Handflächen bohren.

Ein feuchtwarmer Schwall Flüssigkeit dringt aus meiner Möse und benetzt seinen göttlichen Schwanz auf voller Länge, ehe die Feuchtigkeit an den Innenseiten meiner Schenkel weiter nach unten rinnt und meine überempfindliche Haut kitzelt.

Tief drinnen in mir ziehen sich Muskeln zusammen, von denen ich bis heute nicht einmal ahnte, dass ich sie besitze. Schauer der Lust jagen durch meinen Körper.

»Himmel, was machst du nur, ich kann nicht mehr!«, höre ich mich aufschreien.

Meine Möse und mein Becken explodieren zum selben Zeitpunkt.

Tiefe heiße Wellen der Lust versengen meinen Unterleib, steigen nach oben, streifen Brüste und Wangen.

Dann ist es schließlich vorbei.

Erst jetzt fällt mir auf, dass er in mir heftig pumpt und schwer atmet, weil er ebenfalls gekommen ist. Mit mir zusammen, auf dem höchsten Gipfel meiner Lust.

Er zieht sich aus mir zurück. Ich kann sein Sperma riechen, es ist ein würziger Geruch, der die Luft in meiner Küche schwängert.

Nach einem Weilchen kehre ich ins Alltagsleben zurück. Ich öffne die Augen und starre auf die Salatgurke in meiner Hand. Sie glänzt feucht. Langsam streiche ich mit einem Finger der anderen Hand über die Gurke. Ihre

Schale fühlt sich glitschig an von meinen Säften. Ich lächle ein wenig wehmütig.

Ich stehe am Küchentisch und bereite die beiden großen Lachsforellen vor. Gleich werde ich die in Alufolie gewickelten Fische in die vorgeheizte Röhre des Backofens schieben. Dann habe ich gute dreißig Minuten Zeit, um unter die Dusche zu springen und mich umzukleiden für unsere kleine Dinner-Einladung heute Abend.

Tobias ist leise nach Hause und in die Küche gekommen. Ich habe ihn gar nicht gehört. Plötzlich steht er hinter mir und küsst mich zur Begrüßung auf meinen noch immer feuchten Nacken.

Doch dann geht Tobias plötzlich hinüber zu der Wand mit dem diesjährigen Männerkalender, der aus meiner Lieblingsfrauenzeitschrift stammt. Seit Jahren versäume ich niemals die Dezemberausgabe mit dem nächsten Fotokalender …

Mit einem raschen Griff reißt Tobias das oberste Blatt mit meinem Beau herunter, zerknüllt es und wirft es in den Mülleimer.

»Liebes, wir haben nicht mehr Mai. Heute ist bereits der erste September!«

»Ich weiß, immerhin hast du heute Geburtstag!«, erwidere ich und blinzle rasch eine Träne weg. »Schau, es gibt Lachsforelle. Dazu Kartoffel-Gurken-Salat, wie du es magst.«

Tobias lächelt mich dankbar an, dann stutzt er: »Weinst du etwa, Mia-Schätzchen?«

»Es sind nur die Zwiebeln für den Salat«, erwidere ich und zwinkere meinem Mann fröhlich zu.

Ich meine, es ist immerhin sein Geburtstag.

Süße Früchtchen

Das Ladenschild *Molly – Verführerische Dessous für große Größen* prangte erst seit einer Woche gut lesbar über der Eingangstür der neu eröffneten Wäsche-Boutique.

Wie es schien, hatte *Molly* heute am frühen Morgen eine größere Warenlieferung hereinbekommen.

Andreas konnte die frischgebackene Ladenbesitzerin bequem von seinem Obststand aus beobachten. Bis zur gegenüberliegenden Straßenseite war es nicht weit, Luftlinie vielleicht zehn Meter. Die junge Frau packte gerade große pastellfarbene Kartons aus. Während er selbst Bananenkisten an seinen Stand schleppte, verrenkte er sich den Hals, damit ihm nur ja nichts entging. Seit Monaten hatte er sich immerhin fast tagtäglich gefragt, wer und was wohl in das seit längerer Zeit verwaiste Ladengeschäft einziehen würde.

Himmel, sie ist richtig süß und sexy! Ich muss sie kennenlernen, ich sollte mich endlich bei ihr vorstellen und nicht bloß dastehen und hinüberstarren wie ein verdammter Spanner!, sagte er sich.

Er redete sich selbst streng ins Gewissen, schalt sich einen verdammten Feigling, weil er immer noch zögerte – während sie drüben ein Wäschestück nach dem anderen auspackte und sorgfältig auf ein Gestell hängte.

Obwohl er sich ungeheuer dafür schämte, konnte er

weiterhin kaum den Blick abwenden. Immer wieder wanderten seine Blicke zwischendurch wie magisch angezogen hinüber auf die andere Straßenseite.

Vor einer guten Woche hatte Andreas sie zum ersten Mal gesehen, die neue Ladenbesitzerin. Bei ihrem Anblick war ihm schon damals die Luft weggeblieben.

Was für ein Vollweib!

Dieses Mädchen war bestens ausgestattet worden: mit rasanten Kurven, und zwar an den genau richtigen Stellen, mit festen Brüsten und einem wohlgeformten, knackigen Hintern. Und zu allem Überfluss besaß *Miss Molly* auch noch samtig schimmernde Haut, glatte braune Haare und volle sinnliche Lippen, die auch ohne Lipgloss und Farbe verführerisch glänzten.

Diese Frau war der wahr gewordene Männertraum!

Andreas hatte sich damals natürlich sofort gefragt, was sie wohl verkaufen würde in dem noch gähnend leeren Ladengeschäft. Während sie drinnen auf und ab geschritten war und anscheinend mit dem Maßband die spätere Raumeinteilung plante, hatte er sich so seine Gedanken gemacht.

Was passt zu einer Frau wie dieser?, hatte er sich überlegt.

Für eine Kleider-Boutique war der Laden zu klein. Sollte sie es dennoch versuchen, würde sie bald pleitegehen. Sie wirkte aber nicht nur attraktiv, sondern auch intelligent. Und sie wusste sicher, was sie tat.

Also was für ein Geschäft könnte es dann werden?

Feine Pralinés und Belgische Trüffel?

Edle Düfte?

Seidentücher und Kleiderstoffe?

Kostbare Seifen?

Feuchte Kondome in allen Farben und Geschmacks-richtungen. Und pikante Sextoys …

Er musste damals bei diesem letzten Einfall zunächst noch breit grinsen. Aber gleich darauf schalt er sich auch schon einen notgeilen Idioten …

Reiß dich zusammen, Andreas!, hatte er sich ermahnt.

Die Erektion in seiner Hose sprach jedoch ihre ganz eigene Sprache, und verleugnen ließ sie sich auch nicht.

Als Sichtschutz – und natürlich auch aus verkaufstech-nischen Gründen – baute Andreas an diesem Tag dann rasch einen pyramidenförmigen Turm aus frischen Pa-payas vor sich auf.

Die Früchte verkauften sich schnell, aber leider ließ sei-ne schmutzige Phantasie an diesem Tag ihn nicht in Ruhe.

Er träumte am Obststand mit offenen Augen vor sich hin. Dabei sah er plötzlich – zum Greifen nahe – die süße Ladenbesitzerin vor sich. Er glaubte sogar, ihren süßen Duft nach Vanille und wilden Rosen zu inhalieren, wäh-rend sie in seiner erotischen Traumszene vor ihm in die Knie ging. Sie blickte ihm tief in die Augen, zwinkerte dann ein bisschen schelmisch und riss auch schon ein buntes Päckchen auf, direkt vor seinen gierigen Blicken. Ein himbeerfarbenes Kondom kam zum Vorschein. Und genauso duftete es auch. Verführerisch nach vollreifen Himbeeren, seinen Lieblingsfrüchten.

Die Schöne holte als Nächstes ohne Umschweife auch gleich noch seinen großen erigierten Ständer aus der Hose. Geschickt streifte sie ihm das duftende Kondom über. Dann nahm sie den steifen Penis vorsichtig vorn an der Spitze zwischen ihre vollen Lippen. Als Andreas vor Wonne leise aufstöhnte, schoben sich ihre sinnlichen Lippen über seine pralle Eichel. Und dann weiter, bis sein pochender und zuckender Schwanz tief in die warme feuchte Höhle ihres Mundes eingetaucht war.

Andreas glaubte zu spüren, wie ihre behände Zunge über seine dicke angeschwollene Eichel leckte. Ein Schauer lief ihm über den Rücken und ließ ihn zittern.

Dann begann sie sachte an seinem fast berstenden Schaft auf und ab zu knabbern, immer wieder, bis es Andreas beinahe schon kam.

Er hörte sich selbst aufstöhnen, dann seufzen und raunen: »Ich spritze gleich ab, wenn du so weitermachst!«

»Sag mal, führst du hier etwa Selbstgespräche am Obststand?«

Peng!

Die feuchte Phantasieblase in Andreas' Kopf war mit einem lauten Knall zerplatzt ... Vor ihm stand sein bester Freund, der gerade grinsend vom Fahrrad gesprungen war. Die hübsche Ladenbesitzerin hingegen hatte sich in Luft aufgelöst. Und mit ihrem Verschwinden schwand auch Andreas' Lust. Die Beule in seiner Hose schrumpfte.

»Ach, Bert, du bist's!«

»Du hattest mir vorhin eine SMS geschickt, schon vergessen?«

»Natürlich nicht. Sag mal, hast du heute Nachmittag zwei Stunden Zeit, um mich hier am Stand zu vertreten?«

»Klar! Lass ich halt eine Vorlesung sausen. Ist was passiert, Andreas?«

»Nein, Bert. Sei einfach Punkt drei Uhr da, okay?«

»Klar! Du siehst irgendwie aus, als hättest du Fieber ...«

»Wie kommst du denn darauf?«

»Glühende Wangen, seltsam glänzende Augen! Wenn es kein Fieber ist, bleibt nur eins: Du bist frisch verknallt!«

»Hau bloß ab, du! Noch bist du nicht Arzt, sondern nur Student der Medizin. Was weißt du schon?«

Bert grinste und zwinkerte vielsagend. Fröhlich winkend radelte er in Richtung Uni davon.

Einige Tage später.

Andreas musste sich endlich etwas einfallen lassen. Miss Molly ging ihm einfach nicht mehr aus dem Kopf.

Wie sie wohl richtig hieß?

Gerade schaute sie von drüben zu ihm herüber.

Ohne lange zu überlegen, schnappte sich Andreas eine große Frucht vom Obststand und rannte damit über die Straße. Er riss die Ladentür auf, stürmte hinein und hielt die reife Ananas dabei wie eine Trophäe vor seiner Brust.

»Hallo! Ich bin Andreas, mir gehört der Obststand gegenüber. Ich wollte zur Neueröffnung gratulieren und mich dabei gleich vorstellen, weil … Na ja, vielleicht brauche ich ja mal Kleingeld zum Wechseln oder so, kann ja mal passieren … Also, da ist es doch gut, wenn man sich schon kennt, nicht wahr?« Seine blauen Augen blitzten schelmisch, und er strahlte sie an.

Die Ladenbesitzerin schenkte ihm über ihre Schulter hinweg ein überraschtes Lächeln. Dann erst drehte sie sich zu ihm um. In den Händen hielt sie einen duftigen Wäschetraum aus Seide und Spitze. In Schwarz und Rot. Das Ding war zwar eindeutig voluminöser geschnitten als alles, was Andreas bisher zu Gesicht bekommen hatte – aber durchaus ein reizvoller Anblick. Sofort stellte sich Andreas ihre üppigen Rundungen darin vor. Die junge Frau fing seinen Blick auf, sah seinen Gesichtsausdruck und musste lachen.

»Ich verkaufe hier immerhin Übergrößen, Andreas!«

Er schaute auf die riesige reife Ananas in seinen Händen, grinste und erwiderte schlagfertig: »Ich auch, wie Sie sehen.«

Sie mussten beide lachen, das erste Eis war gebrochen.

»Ich heiße Eleonore. Und wir können uns gerne duzen! Übrigens, ist die da für mich?« Eleonore deutete auf die Ananas.

»Ja, Eleonore! Hübscher Name übrigens. Nicht alltäglich, wie die dazugehörige Person.«

Sie zuckte lässig mit den Schultern, warf das heiße Spitzenteil über den Kleiderständer und wollte Andreas die Frucht abnehmen.

»Herzlichen Dank auch. Woher wusstest du denn, dass ich frische Ananas über alles mag?«

Sie schnurrte richtig und fuhr sich mit der Zungenspitze langsam und genüsslich über die volle Unterlippe, die nun feucht schimmerte.

Andreas starrte sie fasziniert an. Zu seinem Entsetzen spürte er, dass er eine Erektion bekam. Nur war dieses Mal eben keine Pyramide frischer Papayas zur Stelle, um sie zu verdecken. Hastig ließ er die Ananas tief genug sinken, um hoffentlich seine Beule in der Hose zu verdecken.

»Am gesündesten ist die Frucht roh. Und außerdem gut für die schlanke Linie …« Er brach abrupt ab, weil Eleonore amüsiert wirkte. Sein kleiner Fauxpas wurde ihm bewusst, der Schreck darüber ließ aber immerhin die verräterische Ausbuchtung in Andreas' Hose verschwinden.

Rasch streckte er Eleonore die Ananas entgegen. »Wenn du Nachschub brauchst, du weißt ja, wo du mich findest.«

Eleonore lachte ihn fröhlich an, ihre Augen blitzten, ihre vollen Lippen schimmerten verheißungsvoll. Sofort spürte er seine Geilheit zurückkehren und wollte Eleonore am liebsten packen, sie an sich reißen und küssen und dann in die nächste Umkleidekabine zerren …

»Du bist richtig süß, Andreas, weißt du das?«

Sein Herz klopfte bis zum Hals, und das Blut rauschte in seinen Ohren.

Verdammt! Sie scheint dich immerhin ganz sympathisch zu finden, sonst würde sie anders reagieren. Was machst du denn sonst in solchen Fällen? Du greifst zu, du küsst sie, du lässt sie dein Begehren spüren. Das klappte doch bisher immer vorzüglich, das höchste der Gefühle war mal eine kleine saftige Ohrfeige zwischendurch. Einige Mädels wollen sich eben zuerst ein bisschen zieren. Manche sind so gestrickt, das weißt du, und das hat dich bis jetzt auch noch nie groß gestört. Oder gar um das Vergnügen der Eroberung gebracht. Am Ende hast du noch immer gekriegt, was du wolltest. Warum sollte das also jetzt und hier nicht auch wieder klappen? Versuch's einfach!, sagte er sich.

Aber dann klingelte ein Handy, und Eleonore begann in ihrer Handtasche zu wühlen, die auf dem Ladentisch lag. Sie fand das Telefon und meldete sich. An der Art und Weise, wie sie mit dem Anrufer sprach, erkannte Andreas zweifelsfrei, dass es sich um einen Mann handeln musste. Also legte er die Ananas vorsichtig und leise auf dem Ladentisch ab und zog sich diskret in Richtung Ausgangstür zurück.

Eleonore winkte ihm ein wenig zerstreut hinterher, und Andreas machte brav seinen Abgang.

Später in der Nacht träumte er von Eleonore. In seinem Traum zog er sie aus, Stück für Stück, langsam und genüsslich. Er streifte ihr zunächst den engen Pulli und die knackigen Jeans ab. Darunter kamen ihre üppigen Kurven zum Vorschein, nur dürftig bedeckt von einem Body aus roter Spitze. Ihre schwellenden Brustspitzen drückten sich durch den zarten Stoff. Die üppigen runden Brüste drängten sich oben aus dem Ausschnitt des Bodys.

Andreas umfasste Eleonores Brüste mit beiden Händen und strich zärtlich mit den Daumen über die Nippel. Die himbeerroten Brustknospen wurden sofort hart. Sein Schwanz begann zu pulsieren. Langsam fuhr er mit seinen Händen über die Spitze.

Der knappe Body bedeckte kaum Eleonores rasierte Muschi. Mit einer Hand fuhr er den schmalen Stoffstreifen entlang, der zwischen ihren festen Pobacken hindurchlief. Dieser neckische Streifen bestand aus roter durchbrochener Spitze.

Unter dem winzigen Dreieck vorn zeichnete sich deutlich eine ungewöhnlich große Klitoris ab. Andreas erahnte es: Eleonores Kitzler glich einer reifen, saftigen Himbeere. In Kürze würde er von dem süßen Früchtchen kosten!

Die rote Spitze des Bodys verlief zwischen den Schamlippen hindurch und schmiegte sich im Schritt eng in die Spalte. Andreas stellte sich vor, wie die Spitze sich bei jedem Schritt tiefer in Eleonores Spalte drängte und dabei aufreizend den Kitzler rieb. Und wie Eleonore alleine davon erregt und ihre Möse ganz feucht wurde.

Er packte schließlich Eleonore bei den Hüften und drehte sie sanft herum, damit er als Nächstes ihre hintere Körperpartie ausgiebig bewundern konnte.

Gott, welch saftig knackige Arschbacken das Mädchen hatte!, dachte er.

»Bück dich, meine Süße!«, bettelte er. »Ich will deine süße Pflaume auch von hinten sehen!«

Sie tat es, und Andreas bewunderte zunächst die purpurfarbenen Schamlippen, die immer mehr anschwollen.

Offenbar erregte Eleonore diese nach vorne gebeugte Körperhaltung, bei der sich der breite Steg aus Spitze tiefer in ihre Ritze schob und sich gleichzeitig an der Rosette zwischen den Pobacken rieb.

Andreas verlor bei diesem Anblick immer mehr die Beherrschung. Er streckte eine Hand aus und befingerte sacht den Spalt zwischen Eleonores Pobacken.

Sofort spreizte sie die Beine ein wenig mehr und beugte den Oberkörper tiefer, wodurch ihre Pobacken sich noch ein Stückchen weiter öffneten. Andreas konnte nun deutlich erkennen, wie sich die rote Spitze an der bräunlichen Rosette da drinnen rieb.

Er ließ seine Hand durch den Spalt und dann nach vorne gleiten und tastete vorsichtig nach der reifen Himbeere, die sich unter der längst feuchten Spitze aufgerichtet hatte.

Durch den Stoff hindurch konnte er fühlen, wie dick und angeschwollen die Klitoris war. Wie ein kleiner erigierter Penis drängte sie sich gegen den seidigen Stoff.

Andreas nahm Eleonores Perle durch den Stoff hindurch zwischen zwei Finger. Er drückte und rieb den saftigen Knubbel und liebkoste ihn ein Weilchen auf diese Weise. Die Perle schwoll dabei noch weiter an.

Eleonore stöhnte zwischendurch immer wieder vor Lust laut auf, schließlich keuchte sie: »Ja, das ist gut, unglaublich gut, mach weiter, hör nicht auf damit.«

Diese direkte Aufforderung machte Andreas nur noch geiler, und er nahm nun auch seine andere Hand zu Hilfe.

Während er weiter die Klitoris zwischen zwei Fingern rieb, schob er mit der zweiten Hand den schmalen Spitzensteg beiseite.

Eleonores Muschi wurde unter seinen tastenden Fingern ganz weich und öffnete sich. Sachte führte er zwei davon ein und ließ sie immer tiefer vordringen. Andreas bemerkte deutlich die ersten kleinen Kontraktionen der Lust ... Feste Muskeln schlossen sich um seine Finger, während Eleonore immer lauter stöhnte und seufzte.

»Oh, Andi, was machst du denn mit mir?«, hörte er sie plötzlich jammern.

»Das ist erst der Anfang, Süße. Ich will dich schreien hören, aber erst später.«

»Ja, Andi, fick mich weiter mit deinen Fingern, das ist gut. So gut.«

Während er erneut den Kitzler rieb, drang er mit einem dritten Finger tief in die nasse weit geöffnete Muschi ein. Er fickte Eleonore ein Weilchen kräftig, bis sie beinahe in seine Hand hinein kam.

Als Andreas spürte, wie sich die Vagina zu verkrampfen begann, zog er rasch die Finger aus Eleonores Möse. Er wollte sie lieber auf der Spitze seines Schwanzes reiten lassen, während sie explodierte.

Und ausgerechnet in diesem Moment erwachte er dann, schweißgebadet und mit einem schmerzhaft harten Ständer in den Boxershorts ...

Er sprang auf und lief ins Badezimmer. Er klappte den Toilettendeckel nach oben, schob die Boxershorts hastig über die Hüften, stützte sich mit der linken Hand an der Wand ab und begann mit der rechten seinen brettharten Schwanz zu bearbeiten. Nach einigen wenigen kräftigen Auf- und Abbewegungen schoss eine Kaskade heißen Spermas hervor, eine zweite folgte. Endlich wich der quälende Druck im Unterleib. Andreas stöhnte leise auf, es war vorbei.

Anschließend sprang er unter die Dusche. Als das warme Wasser auf seinen Körper und den noch halbsteifen Penis prasselte, regte sich erneut die Lust in ihm. Und wieder sah er Eleonore vor sich, er konnte einfach nicht anders. Er masturbierte gleich noch einmal und spritzte dieses Mal unter der Dusche ab. Erst danach fühlte er sich erleichtert genug, um wieder einschlafen zu können.

Ich sehe sie später. Heute bekomme ich frische Himbeeren. Ich werde ihr ein Schälchen bringen, war am Morgen beim Erwachen sein erster Gedanke gewesen.

Der Abend kam und mit ihm der ersehnte Geschäftsschluss. Andreas schnappte sich das vorbereitete Schälchen mit den Himbeeren und ging über die Straße.

Leider schien Eleonore mit der Tagesabrechnung schwer beschäftigt zu sein. Er sah es ihr sofort an, die hektischen roten Wangen sprachen Bände.

Andreas erinnerte sich nur allzu gut an die eigenen harten Anfangszeiten als Geschäftsmann. Er stellte ihr deshalb die Früchte nur leise auf den Ladentisch und zog sich gleich wieder zurück. Er wollte ihr keinesfalls auf die Nerven gehen.

Eleonore bedankte sich bei ihm mit einem Lächeln und einem Kussmund, dessen Anblick ihn sofort antörnte. Er entfloh rasch nach draußen, samt der verräterischen Beule in seiner Hose.

Etwas später kam dann ein schlanker, gut aussehender Mann vorbei und holte Eleonore ab. Andreas war gerade dabei die letzten leeren Obstkisten zusammenzuräumen. Er konnte nur dastehen und hilflos dabei zusehen, wie der fremde Kerl seine Traumfrau einfach so entführte. Sie hakte sich sogar bei ihm unter und lachte vergnügt. Andreas schien sie gar nicht zu bemerken.

Nach einer schlaflosen Nacht war sich Andreas sicher. So konnte es nicht weitergehen. Er musste endlich herausfinden, was Sache war. Und ob er überhaupt noch eine Chance bei ihr hatte.

Vormittags schnappte er sich einen Geldschein aus seiner Kasse und sprintete damit zu Eleonore hinüber. Er musste es jetzt sofort wissen, und Wechselgeld brauchte er auch.

»Na, schönen Abend gehabt gestern?« Mit dieser Frage platzte er noch vor der Bitte um Wechselgeld heraus.

»Oh … na ja, nicht wirklich! Mein Steuerberater ist mit der ersten Geschäftsbilanz nicht sehr zufrieden. Entweder ist das Geschäft zu klein oder die Miete zu hoch.«

»Das wird schon werden, es braucht nur etwas Zeit!«, sagte Andreas. »Ich habe heute frische Papayas gekriegt. Und Ananas. Ich bringe dir später ein paar Früchte vorbei. Als kleine Aufmunterung!«

Damit entfloh er mal wieder, weil er nicht weiterwusste. Er hatte nicht damit gerechnet, dass sie geschäftliche Sorgen haben könnte. Und gegen einen Steuerberater als Freund war er ohnehin machtlos.

Eleonore hingegen war enttäuscht, als er so rasch wieder aus dem Laden stürmte. Sie hatte gehofft, er würde dieses Mal hartnäckiger sein.

Männer!, dachte sie und schüttelte den Kopf. *Immer musste man ihnen auf die Sprünge helfen. Tja, Eleonore, da hilft wohl nur eins, frei nach der Devise: Selbst ist die Frau. Ich muss mir etwas Besonderes für diesen attraktiven Kerl mit seinen süßen Früchtchen einfallen lassen! Denn zum Vernaschen sind sie da …*

Unwillkürlich musste sie kichern. Und dann kam ihr auch schon eine Idee …

Gegen Mittag hängte Eleonore ein *Bin gleich zurück*-Schild von innen an die Tür.

Dann schlüpfte sie in ihr kleines Büro und dort sofort aus dem geblümten Wickelkleid und dem schwarzen formenden Mieder, das sie darunter trug. Anschließend stieg Eleonore in einen Traum aus honiggelber Seide mit cremefarbener Brüsseler Spitze.

Der Dessous-Body saß wie angegossen an ihren üppigen Kurven. Selbst der Stringtanga kniff weder im Schritt noch zwischen den Pobacken. Die edle Spitze war so weich und anschmiegsam, da scheuerte und zwickte rein gar nichts auf der Haut.

Selbst tief in der Muschi und auch hinten in der Poritze nicht …

Und wie kühl die echte Seide aus China erst war … Wie himmlisch sie sich auf der nackten Haut und zwischen den Schenkeln anfühlte … Eleonore spürte, wie sie auf einmal ganz feucht wurde. Sie schlüpfte rasch in ihre hochhackigen Schuhe und ging einige Schritte auf und ab.

Jaaa, das ist es! Himmel, ist das geil, was für ein Gefühl, stellte sie fest. Jetzt fehlten bloß noch die halterlosen neuen Seidenstrümpfe mit den Spitzenrändern.

Eleonore probierte auch gleich noch die Strümpfe, stieg dann erneut in die Pumps mit den hohen Absätzen und schritt auf den Wandspiegel zu. Sie bewunderte sich ausgiebig von allen Seiten: *Ja, das sieht wirklich super aus. Sexy und verführerisch! In dem Outfit sollte eigentlich auch Teil B meines kleinen Plans aufgehen,* war sie überzeugt.

Eleonore spürte, wie ihre Muschi bei diesem Gedanken sogar noch feuchter wurde und die Klitoris sich aufrichtete und sich innen an der Seide des Höschens rieb. Sie legte rasch eine Hand auf ihren Venushügel und rieb dann kräftig über ihre Möse, bis es ihr schließlich kam.

Hinterher zog sie wieder das Wickelkleid mit dem tiefen

Ausschnitt über, die Dessous behielt sie gleich an. Heute nach Ladenschluss blieb sicher keine Zeit mehr, um sich auch noch um das passende Outfit zu kümmern. Eleonore hatte sich für heute noch so einiges vorgenommen ... Es wurde immerhin höchste Zeit, dass sie sich endlich einmal ausgiebig bei Andreas für die saftigen Früchte bedankte!

Und wieder musste sie vergnügt kichern.

Wie süß und eifersüchtig er auf den Steuerberater reagiert hatte ..., dachte sie. *Dabei war Sebastian doch in erster Linie der große Bruder!*

Eleonore schmunzelte zufrieden und entfernte das Schild von der Eingangstür. Sie öffnete die Tür und streckte den Kopf hinaus.

»Andreas, wie wär's heute am Abend mit Toast Hawaii als Vorspeise. Und hinterher ein saftiges Steak. Und als Nachtisch ein frischer Obstsalat«, rief sie Andreas über die Straße zu.

Statt einer Antwort kam er plötzlich über die Straße gespurtet. Er riss sie noch in der Ladentür stürmisch in seine Arme. Die Tür schlug hinter ihnen zu, und Andreas drehte geistesgegenwärtig den Schlüssel um, ehe er Eleonore weiter durch den Laden und nach hinten drängte.

Im Büro war es eng, doch die Umkleidekabinen waren noch winziger und keine echte Alternative. Und immerhin stand hier drinnen ein großer Schreibtisch, auf den er Eleonore jetzt legte.

Papiere flatterten zu Boden, doch das scherte weder ihn noch sie.

Eleonore spreizte sofort ihre Schenkel, Andreas schob hastig den Saum des Kleides weit nach oben über ihre Hüften. Der Anblick, der sich ihm bot, war noch erregender als in seinem Traum. Und prompt verlor er die Beherrschung.

Mit fliegenden Händen befreite Andreas seinen stein-harten Schwanz aus der Hose und schob dann hastig den Stringtanga einfach zur Seite und entblößte Eleonores Muschi.

Eleonore war bereits ganz nass. Ihre hübsche Möse duftete unglaublich anregend nach Himbeeren, Vanille und einer Spur Moschus. Dieser Geruch raubte ihm den letzten Rest an Selbstbeherrschung. Ihr betörender Duft machte das alles hier erst wirklich real. Und dieses Mal war es nicht nur ein Traum. Dieser Duft machte den ent-scheidenden Unterschied …

Er drang in sie ein, schob und drängte sich immer tie-fer hinein, spürte, wie ihre Schamlippen sich um seinen Schwanz herum schlossen und weiter drinnen ihre Mus-keln ihn zu massieren begannen. Sie küssten sich dabei wild, und nur kurze Zeit später kamen beide gleichzeitig.

»Heute Abend lassen wir uns ganz viel Zeit, Süße!«, raunte Andreas, als er wieder etwas zu Atem gekommen war. »Und ich muss dir auch gleich etwas gestehen: Bei mir zu Hause wartet die genau gleiche Menüfolge auf uns. Toast Hawaii. Steak. Obstsalat.«

Eleonore prustete los. Dann sagte sie: »Damit stellt sich ja jetzt nur noch die übliche Frage: *Zu dir oder zu mir?*«

»Heute hier und morgen da!«, lautete seine Antwort. Eleonore schien diese Antwort sehr zu gefallen, denn sie wirkte plötzlich richtig glücklich. Außerdem küsste sie ihn so lüstern, dass Andreas gleich noch einmal Appetit auf sie bekam. Sie war tatsächlich das süßeste Früchtchen der Welt, jedenfalls in seinen Augen.

Reisefieber

Draußen regnete es, und in meinem Büro herrschte dicke Luft. Ich hatte Ärger mit mir selbst. Ich war wütend auf mich, bezeichnete mich als ein faules, unmotiviertes Stück. Ein sexgeiles Luder obendrein, das Frust schob, weil es schon seit Wochen keinen hübschen Kerl mehr hatte abschleppen können. Zu viel Arbeit, zu viele familiäre Verpflichtungen an den ohnehin zu kurzen Wochenenden. Die goldene Hochzeit der eigenen Eltern lässt sich eben nun mal nicht verschieben. Auch nicht der Geburtstag des großen Bruders und die gleichzeitige Taufe des kürzlich neugeborenen Erst-Neffen. Alles reichlich sexfreie Events, wie das bei heutigen Kleinfamilien so üblich ist. Hätte ich zehn Brüder gehabt anstelle des einen einzigen, dann hätte eine gewisse Chance bestanden, dass wenigstens einer von ihnen einen attraktiven Studienfreund, Arbeitskollegen oder jedenfalls so was in der Art mitgebracht hätte. Ich hatte aber nur diesen einen Bruder, also gab es auch kein »hätte« – und für mich somit keine heiße Eroberung, die ich *hätte* in einem der Bade- oder Schlafzimmer des Elternhauses verführen können. Oder meinetwegen auch hinter dem Schuppen im Garten.

Zu allem Überfluss war mir heute Morgen, als ich im strömenden frühherbstlichen Regen das Haus verließ, auch noch klar geworden, dass es für mich mindestens ein

Jahr lang keinen Urlaub mehr geben würde. Die schon so lange heißersehnte Reise nach Australien würde wieder einmal nur in meiner Phantasie stattfinden. Mein Sparkonto litt unter galoppierender Schwindsucht. Eine unvorhergesehene größere Autoreparatur war heimtückisch in mein Leben getreten. Die vielen familienbedingten Ausflüge von Berlin nach München waren meinem fahrbaren Untersatz wohl vor allem auf die Bremsanlage geschlagen. Ungefähr so wie mir auf den Magen. Wobei Letzterer sich mit einer preiswerten Zwieback-Grießbrei-Schonkost begnügen musste. Der fahrbare Untersatz hingegen verlangte störrisch nach einer guten Werkstatt, die genau wusste, was zu tun war. Mich zu schröpfen nämlich.

Tja und dann las ich heute Morgen in der U-Bahn auf dem Weg zur Arbeit – das Auto ist zwar wieder heil, ich will es jetzt aber samt der neuen Bremsanlage lieber schonen – diesen Artikel in einer Frauenzeitschrift. Darin wurde unter anderem behauptet, beim Betrachten eines Pornos brauche die durchschnittliche Frau zwölf Minuten, um vollends auf Touren zu kommen. Also so stark erregt zu sein, dass sie auch einem Quickie mit einem Fremden zustimmen würde. Männer hingegen brauchen nur elf Minuten Pornokonsum, um zum selben Ergebnis zu kommen. *Was soll der Quatsch?*, dachte ich irritiert. *Wegen lumpiger sechzig Sekunden Unterschied machten die Artikelschreiber so ein Geschrei um die Sache? Waren Frauen deswegen die besseren Menschen, weil sie eine Minute länger brauchten, bis sie richtig geil wurden und alle Hemmungen fallen ließen?!* Eine Minute länger Porno gucken, ha, hatten die eine Ahnung! Ich war derzeit dermaßen unterfickt, ich kam bereits auf Touren, wenn mir ein Bauarbeiter nur frech hinterherpfiff. Pornos des

Nachts daheim alleine zu gucken, hatte ich mir längst abgewöhnt. Es war für mich einfach nicht zu ertragen, anderen Leuten beim lustvollen Vögeln zuzuschauen und selber bloß die eigenen fliegenden Fingerchen zur Verfügung zu haben. Oder na ja, vielleicht den runden dicken Griff der Haarbürste. Aber das war das höchste der Gefühle, seit vor einigen Wochen auch noch mein Vibrator den Geist aufgegeben hatte. Nur wenige Tage nach dem letzten Beziehungs-Aus übrigens. Das Sextoy war ein Geschenk meines Exfreundes gewesen. Und alleine traute ich mich nicht in einen Sexshop. Obwohl ich wirklich sonst nicht schüchtern bin, aber irgendwie … Ach, lassen wir das.

Jetzt hockte ich also im Büro, schob die Arbeit vor mir her und langweilte mich zu Tode. Dabei hätte ich durchaus viel zu tun gehabt, daran lag es nicht. Meine Langeweile war eher Folge einer geballten Abwesenheit positiver Anregungen. Ich war null motiviert, um es anders auszudrücken. Dabei ging es gar nicht nur um den derzeit fehlenden Sex, es ging auch um die nunmehr fehlende Vorfreude, was meine geplatzten Reiseträume betraf. Beides kam zusammen, und dieser Umstand an sich regte mich ganz besonders auf. Andere Leute konnten verreisen, und das auch noch zusammen mit dem Bett- und Lebenspartner. Und wieso war mir das nicht vergönnt? Wieso ging bei mir in letzter Zeit alles schief? Ich war doch jung und hübsch und knackig, und nett noch dazu! Das hatte sogar meine meist zickige Schwägerin am Geburtstag meines Bruders neulich mitleidig angemerkt. Ehe sie mit einem zufriedenen Gesichtsausdruck meinem frisch getauften Erst-Neffen die pralle linke Brust anbot. Das Baby dockte auch gleich brav an und begann sichtlich gierig zu nuckeln.

Es war mir selber peinlich, weil selbst dieser innige Anblick bei mir sexuelles Spontaninteresse auslöste. Ich glaubte, das kräftige Nuckeln an meinem eigenen Brustnippel zu spüren. Prompt jagte eine Lustwelle durch mich hindurch bis nach unten und traf dort direkt in die Mitte meiner Möse. Sie wurde sofort feucht.

Du meine Güte, war ich in dem Moment froh, dass ich kein Kerl geworden bin. Nicht auszudenken die Peinlichkeit, hätte ich in versammelter Familienrunde beim Anblick meiner stillenden Schwägerin einen kräftigen Ständer in der Hose gehabt.

Es klopfte an meiner Bürotür, und ich rief: »Herein!«

Ja, ich habe ein eigenes Büro, und ja, ich habe eine ganz gute Position, für meine Altersklasse jedenfalls. Und ja – ich verdiene auch gar nicht so schlecht dabei. Aber dennoch kann ich mir weder einen Callboy für beziehungsfreie Zeiten noch eine wochenlange Flugreise nach Australien während arbeitsfreier Zeiten leisten. Anderenfalls wäre meine Laune durchaus nicht auf dem absoluten Tiefpunkt!

Herein kam der blutjunge Praktikant aus der Graphikabteilung. Er hieß Sebastian, war Anfang zwanzig und ziemlich knackig. Vor allem sein Hintern! Der war mir in letzter Zeit schon einige Male positiv aufgefallen.

Leider war Sebastian derzeit aber auch frisch verliebt. Ich sah ihn und seine hübsche, ebenfalls knackige Freundin fast jeden Abend händchenhaltend und knutschend an der Straßenbahnhaltestelle stehen, wenn ich das Firmengelände verließ.

Während er jetzt stürmisch die neuesten Coverentwürfe für den nächsten Frühjahrskatalog auf meinen Schreibtisch knallte, konnte ich einen Moment lang den anregenden Duft inhalieren, den Sebastian – seit er frisch verliebt war – auch tagsüber im Büro trug.

»Toller Duft! Steht Ihnen gut, Sebastian. Geschenk von der Freundin?«

Am liebsten hätte ich ihm eine Hand fest und besitzergreifend auf den Knackarsch gelegt. So wie es gewisse Firmenbosse in gewissen Filmen bei ihren Sekretärinnen zu tun pflegten. Jedenfalls taten sie das immer, ehe auch in Hollywood diese beschissenen *Political-Correctness-Regeln* um sich griffen wie ein lästiges Grippevirus.

Ich nahm zwar nicht an, dass Sebastian mich gleich wegen sexueller Belästigung von Untergebenen am Arbeitsplatz vor Gericht zerren würde, wollte aber andererseits ein wie-auch-immer-geartetes Restrisiko lieber gar nicht erst eingehen. Würde man mich nämlich wider Erwarten und wegen was auch immer doch zu einer saftigen Geldstrafe verurteilen, könnte ich Australien für dieses Leben gleich ganz abschreiben. Bis ich mich finanziell von all meinen Geldstrafen und Autoreparaturen erholt hätte, wäre ich sicherlich zu alt für ein solches Reiseabenteuer. Jenseits der vierzig verträgt zartblonde weibliche Haut verstärkte Sonneneinstrahlung einfach nicht mehr so gut. Aber genau die herrscht leider auf dem Fünften Kontinent flächendeckend vor. Zumindest seit die Menschheit das Ozonloch erfunden hat.

Und so ließ ich also meine Finger lieber gleich ganz von Sebastians Hintern. Dafür presste ich auf meinem Schreibtischstuhl die Schenkel zusammen, lockerte sie wieder und machte das Ganze gleich noch einmal. Und noch einmal. Ich geriet wie von selbst in einen geilen Rhythmus. Dabei rutschte ich gleichzeitig auf der Sitzfläche nach vorn, wo sich eine wulstige Stuhlkante befand.

Ich beugte auch meinen Oberkörper und stützte mich

mit den Ellbogen auf dem Schreibtisch auf. Dadurch wurden mein Beckenboden und die juckende Möse fester auf den Stuhl gedrückt.

Ich begann vorsichtig zu wippen und starrte dabei wie gebannt auf den knackigen Hintern des süßen Praktikanten.

Der wulstige Rand des Stuhls drückte sich rhythmisch gegen meine mittlerweile angeschwollene Klitoris.

Ich wippte ein wenig stärker, der Stuhl begann leise zu quietschen, aber ich konnte nicht anders. Tief drinnen im Becken kündigte sich nämlich ein Beben an. Ich konnte bereits die ersten heftigen Muskelkontraktionen spüren.

Noch einmal spannte ich die Schenkel fest an und ... da war es auch schon passiert. Ich war gekommen! Auf meinem Bürostuhl, quasi unter den Augen des Praktikanten.

»Nein!«, sagte Sebastian gerade. »Von meiner Mutter, zum Geburtstag.«

Beinahe hätte ich losgekichert, beherrschte mich aber im allerletzten Moment.

»Nette Mutter!«, brachte ich keuchend heraus.

Sebastian zuckte lässig mit den Schultern und guckte gelangweilt. »Geht so. Sie und meine Freundin können sich allerdings nicht riechen.«

»Ach!«, tat ich erstaunt und hob die Augenbrauen. »Verstehe ich gar nicht, scheint doch ein nettes Mädchen zu sein. Und so hübsch.«

Sebastian grinste stolz. »Ja, das ist sie.«

»*Eifersüchtig*, schätze ich mal!«, sagte ich nachdenklich. Und meinte damit eigentlich die Mutter.

»Woher wissen Sie das?«, fragte Sebastian erstaunt und meinte damit die Freundin, wie sich gleich herausstellen sollte.

»Na ja, da wäre zum einen der deutliche Altersunterschied, und …«

»Aber Pamela hat keine Ahnung, wie alt Sie sind!«, erwiderte Sebastian. »Sie ist sauer, weil sie meint, Sie würden mich immer mit so einem gewissen Blick taxieren, wenn Sie uns beide an der Straßenbahnhaltestelle sehen.«

»Ich? Was … Also, aber das ist ja …« Ich konnte es nicht fassen! Wie kam die Kleine denn auf so was?

»Keine Sorge, ich weiß ja, das Pam gerne zu weit geht, sie ist sogar eifersüchtig auf meine Mutter. Weil die mir noch die Wäsche macht und wir jeden Sonntag zu ihr zum Essen eingeladen sind.«

Vor Erleichterung gelang es mir, an dieser Stelle großzügig zu reagieren. »Ach wissen Sie, Sebastian, so eine junge Liebe ist immer schwierig, daher auch die Eifersucht. Das legt sich aber alles mit der Zeit. Oder man trennt sich eben.«

Ich griff mir einen der Coverentwürfe von meinem Schreibtisch und warf einen Blick darauf. »Das hier sieht gut aus! Den nehmen wir. Der Entwurf geht heute noch in die Druckerei, Sebastian. Ich verlasse mich auf Sie!«

Als der Praktikant kurz darauf mein Büro verließ, starrte ich angestrengt aus dem Fenster in den Regen hinaus. Sebastians Knackarsch war für mich von nun an endgültig verbotenes Terrain. Das fehlte noch, dass ein albernes Girlie namens Pamela mich als notgeile alte Kuh beschimpfen durfte! Also wirklich …

In der Mittagspause entschloss ich mich, statt in die Kantine lieber ins nahe gelegene Reisebüro zu gehen. Ich liebte dieses Kribbeln im Bauch und die wehmütige Sehnsucht beim Betrachten der bunten Reisekatalogbilder. Das war fast so gut wie Sex!

Ich stand eine Weile vor dem Regal mit den neuesten Reiseangeboten und träumte angesichts der bunten Bilder vor mich hin. Darüber vergaß ich glatt die Zeit, und eine halbe Stunde Mittagspause ist ja ohnehin nicht die Welt.

Ein Blick auf meine Armbanduhr genügte, und ich drehte mich hastig in Richtung Ausgang um. Doch da stand plötzlich ein größeres Hindernis neben mir.

»Oh, Verzeihung!«

Ich war versehentlich einem jüngeren Mann heftig in die Hacken getreten.

»Macht gar nichts!«, sagte er mit einer Stimme, die mich sofort wieder an Sex denken ließ.

Gewisse Männerstimmen haben nun mal ein dermaßen erotisches Timbre an sich, dass sie mir sofort unter die Haut gehen! Ich gerate dann spontan in Ficklaune. Dabei stelle ich mir vor, wie hübsch und gerade und vor allem wie steif der Schwanz sein muss, der zu dieser erotischen Männerstimme gehört. Ich kann den Ständer förmlich vor mir sehen. Er trägt eine pralle zuckende Eichel vor sich her. Ich öffne meine Schenkel, und *er* schiebt sich dazwischen, kommt näher. Ich kann seine Erregung riechen und verzehre mich danach, jetzt gleich von diesem harten Schwanz penetriert zu werden.

Ich stelle mir einen Waschbrettbauch vor, ein hübsches dunkles Dreieck weiter unten, aus dem die Erektion aufragt. Die erotische Stimme raunt erregt meinen Namen und fragt, ob es mir recht ist, von ihm gefickt zu werden. Statt einer Antwort nehme ich ihn in die Hand und führe ihn dann ein in mein feuchtes Delta, das leise und gierig schmatzt, während er mich öffnet und dehnt …

Der Mann mit der erotischen Stimme sah mich an, lächelte unglaublich nett, dann deutete er auf den Reisekatalog in meiner Hand. »Ich suche auch etwas über Australien.«

»Hier liegt noch eine ganze Menge davon«, erklärte ich und nahm hastig ein weiteres Exemplar von dem Stapel im Regal. Ich überreichte ihm den Prospekt.

»Danke!« Er lächelte mich erneut an. Dabei erreichte mich eine blitzartige Erkenntnis: Er war eigentlich genau mein Typ.

Trotzdem gab ich mir einen verzweifelten Ruck und strebte Richtung Ausgangstür. Meine Mittagspause war gleich zu Ende, einen Rüffel aus der Chefetage wollte ich mir lieber ersparen.

»Halt«, rief der sympathische Typ mit seiner erotischen Stimme hinter mir her. »Brauchen Sie denn keine Preisliste?«

Ich blieb stehen, dann drehte ich mich wie ferngesteuert zu ihm um. Schon stand er vor mir und überreichte mir ein weißes Heftchen, das ich vorher geflissentlich ignoriert hatte. Noch mehr Frust konnte ich an diesem verregneten Tag einfach nicht ertragen!

»Tatsächlich, Sie haben recht. Das hätte ich beinahe vor lauter Begeisterung vergessen. Vielen Dank!«

Er war schneller an der Ausgangstür als ich und hielt sie für mich auf. Das gefiel mir. Genauso wie seine grünen Augen und seine langen Wimpern.

Mister Sexy Eyes, schoss es mir durch den Kopf.

»Sie wollen also auch nach Australien!«, stellte er lächelnd fest.

Und ich entdeckte als Nächstes die beiden kessen Grübchen in seinen Wangen.

Verdammt, ich würde jetzt zu gerne meine Zunge in diese Grübchen stecken, durchfuhr es mich. In meinem

Bauch flatterten tausend Schmetterlinge hektisch, und ich sehnte mich verzweifelt in die Arme dieses fremden Mannes. Hoffentlich machte ich mich nicht gleich lächerlich, indem meine Stimme umkippte und piepsig wurde.

Ich räusperte mich rasch. »Ja, das will ich in der Tat.«

Bravo, Betty! Wenigstens hat es selbstbewusst genug geklungen! Nach einer Frau, die genau weiß, was sie will!, beruhigte ich mich.

Er nickte langsam. »Ich fliege auch. Das will ich schon seit Jahren. Haben Sie Lust, irgendwo einen Kaffee zu trinken? Wir könnten Reisepläne schmieden ...« Er grinste mich verschwörerisch an. Und meine Knie begannen natürlich prompt zu zittern.

»Tut mir leid, aber ich muss zurück ins Büro.«

»Ah so, ja natürlich. Aber vielleicht geben Sie mir Ihre Handynummer, dann holen wir das nach. Ich heiße übrigens Benjamin.«

Ich gab mich großherzig. »Na gut!«

Kurz darauf verabschiedete ich mich hastig von Benjamin.

Ich kam dennoch viel zu spät ins Büro zurück und musste mir von meinem Boss einen Rüffel verpassen lassen. Was die Vorfreude auf ein Abendessen mit meiner neuen Bekanntschaft jedoch nicht schmälerte.

Aber der Nachmittag verging, und von Benjamin kein Lebenszeichen. Weder ein Anruf noch eine SMS.

Auch am Abend nicht, und am nächsten Tag immer noch nicht. Und am darauffolgenden auch nicht.

Am dritten Tag nach unserem Treffen im Reisebüro beschloss ich, *Mister Sexy Eyes* aus meinem Gedächtnis zu streichen.

An diesem Abend ging ich nach der Arbeit noch einkaufen. Mein Blick fiel zufällig auf ein Regalfach mit Batterien. Mein Vibrator! Der Zauberstab brauchte lediglich neuen Saft …

Und was soll ich sagen: Dieser Abend verlief gar nicht mal so übel. Ich nahm ein Schaumbad, neben der Wanne drapierte ich eine Reihe bunter duftender Teelichter. Und eine Flasche Prosecco. Dazu drang heiße Musik aus dem Wohnzimmer herüber.

Nach dem Bad wechselte ich die Batterien des Vibrators und machte es mir auf der Couch bequem. Während der Plastikstab surrend über meine Schamlippen tanzte und dann abtauchte in meine längst vor Sehnsucht und Lust feuchte Spalte, dachte ich mit leiser Wehmut an *Mister Sexy Eyes* zurück.

Und auf einmal war es sein schöner, dicker und harter Schwanz, der da eben meine Muschi dazu brachte, sich für ihn weit zu öffnen.

Meine Klitoris pulsierte und richtete sich jäh auf, als der Massagestab sie zunächst sacht berührte, ehe er sie immer kräftiger rieb und massierte, bis sie deutlich anschwoll.

Ich schloss unterdessen die Augen und gab mich ganz dem Genuss des Augenblicks hin. Dabei entspannte und lockerte ich alle meine Muskeln, bis mein Körper ganz leicht und fließend wurde. Jeder störende Gedanke fiel von mir ab. Es gelang mir, mich vollkommen auf mich selbst und meine körperlichen Gelüste zu konzentrieren.

Hinter meinen Augenlidern tanzten mittlerweile schöne junge Männer mit Waschbrettbäuchen und stolz erigierten Riesenschwänzen einen neckischen Reigen.

Ich lächelte ihnen aufmunternd zu und forderte sie dann auf, zu mir auf die Couch zu kommen. Einer beugte sich zwischen meine Schenkel und leckte genüsslich und mit flinker Zunge meine Möse. Ein anderer saugte derweil mit seinen sinnlichen Lippen abwechselnd an meinen Brüsten. Ein dritter Beau schob sich unter mich und dann seinen mit Gleitgel benetzten Schwanz zwischen meine Pobacken … Und weiter voran, bis er sich hart gegen meinen engen Anus drängte. Der glitschige Schwanz drang schließlich in mich ein und füllte mich vollkommen aus. Während vorn zwischen meinen Schenkeln eine behände Zunge in meine Spalte geschoben wurde …

Mein Atem ging immer schneller, mein Puls beschleunigte sich im selben Rhythmus. Meine Möse war vor lauter Erregung über diese Bilder in meiner schmutzigen Phantasie mittlerweile klatschnass.

Langsam führte ich den Vibrator ein. Das Teil war groß und dick, viel dicker und praller als jeder echte Schwanz. Mit einem rhythmischen Vibrieren schraubte er sich immer tiefer in mich hinein …

Oh, jaaa, das tut gut, so verdammt gut! Wozu brauche ich einen Mann, wenn ich so ein Wunderteil besitze, dachte ich.

Ich spürte, wie der Massagestab mich lustvoll dehnte und gleichzeitig durch seine Vibrationen meine Möse und das Becken in geile Schwingungen versetzte. In meinem Unterleib zog sich alles zusammen, dann implodierte ich. Ich japste vor Überraschung und Lust, der Vibrator steckte immer noch tief in mir und bearbeitete die Innenwände der Vagina, die sich dabei immer wieder um den Vibrator zusammenzogen, solange der Orgasmus weiter andauerte.

Die starken Kontraktionen meiner explodierenden Möse führten dazu, dass der Vibrator mit einem leisen Schmatzen aus meiner Muschi flutschte und dann sirrend zwischen meinen Beinen auf der Couch landete.

Der Höhepunkt hielt noch mehrere köstliche Sekunden lang an. Meine Schenkel bebten, und meine Muschi glänzte vor Nässe. Schließlich ging ich in mein Schlafzimmer und schlief bald darauf selig ein.

Ich träumte von Australien und von *Mister Sexy Eyes*. Wir saßen zusammen in einem offenen Jeep und fuhren durch die glühende Hitze des Outback.

Beim Aufwachen am nächsten Morgen lag ich allein in meinem Bett. Ehe mich der Katzenjammer packte, beschloss ich lieber, der Realität ins Auge zu schauen. *Andere Männer besaßen auch schöne Augen, sinnliche Stimmen und harte Schwänze*, sagte ich mir.

Und noch etwas fiel mir ein, was ich schon öfter mal gelesen hatte: *Loslassen können* ist das Wichtigste überhaupt im Leben!

Ich beschloss heute und hier, mich tatsächlich tapfer im *Loslassen* zu üben … Und siehe da!

Kaum hatte ich *Mister Sexy Eyes* zumindest in meinen bewussten Tagträumen losgelassen, da meldete er sich auch schon.

Es war in meiner Mittagspause, die ich an dem Tag in der Kantine verbrachte. Benjamin entschuldigte sich, er sei auf eine kurzfristig anberaumte Dienstreise geschickt worden, aber jetzt wieder zurück in Berlin. Ob ich abends mit ihm in eine gemütliche Kneipe gehen wolle, gleich bei ihm um die Ecke. Er würde mich auch gerne mit dem Auto abholen.

Natürlich musste ich mich erst mal wieder dezent räuspern, ehe ich zusagen konnte. Ich war einfach zu freudig überrascht. Hinterher sagte ich mir dann, es sei besser, sich nicht zu früh zu freuen. Am Ende käme ihm ja doch wieder ein *wie-auch-immer-geartetes* Reiseabenteuer dazwischen. Es gab solche Männer, die immer im letzten Augenblick noch kalte Füße bekamen. Die mit einem vagen »Vielleicht« wesentlich besser umgehen konnten als mit einem klaren »Ja«.

Als wir uns dann aber am Abend tatsächlich gegenübersaßen und zu reden anfingen, da brach das Eis dann doch ganz plötzlich.

Mister Sexy Eyes senkte interessiert den Blick ins volle Weinglas und kam dann direkt zur Sache: »Wann soll es denn bei dir losgehen?«

Verdammt, wusste ich es doch, eines Tages würden meine Flunkereien auffliegen!, schoss es mir durch den Kopf.

Ich beschloss, die Beichte lieber sofort abzulegen. Von wegen loslassen und so … Der Moment, Australien loszulassen, war definitiv gekommen. Jedenfalls für mich.

»Nach Australien, meine ich«, setzte Benjamin hinzu.

»Also, das wird wohl erst mal nichts bei mir, leider!«, sagte ich wahrheitsgemäß. *Dafür würde ich dich aber zu gerne vernaschen, wenigstens einmal!* Das sagte ich allerdings nicht, jedenfalls nicht laut.

Mister Sexy Eyes hob den Blick und fixierte mich. Ich bekam richtig Lust und hätte mich am liebsten über den Tisch gebeugt und ihn einfach geküsst.

»Bei mir auch nicht. Derzeit herrscht ziemlich Ebbe in der Kasse«, gab er zu.

»Willkommen im Club!«, sagte ich. Und dann küsste ich ihn tatsächlich. So viel Ehrlichkeit verdiente eine Belohnung, wie ich fand.

Unsere Zungen schlängelten sich umeinander, unsere Zähne stießen aneinander, unsere Knie unter dem Tisch berührten sich. Und meine Muschi begann zu pulsieren.

Irgendwie schafften wir es noch, die Kneipe zu verlassen, einige Meter die Straße runterzulaufen, um die nächste Ecke zu biegen und dann durch eine Toreinfahrt in einem dunklen Hinterhof zu verschwinden.

Wir drückten uns fiebrig in die nächste Nische, die zu einer geschlossenen Hintertür gehörte, und hofften, dass keiner der Bewohner gerade jetzt auf die Idee käme, ausgerechnet diesen Hinterausgang benutzen zu wollen.

Hektisch begannen wir aneinander herumzufummeln. Zum Glück trug ich statt der Lieblingsjeans heute hohe Stiefel und einen kurzen weiten Rock, der uns das, was wir jetzt vorhatten, doch ungemein erleichterte.

Benjamin schob mir mit einer Hand den Rock über die Hüften weit nach oben und zog mit der anderen ruckartig meinen Slip herunter.

Ich holte derweil seinen Schwanz heraus. Er war hart und lang und schmiegte sich sofort willig in meine Hand.

In meiner Möse begann es voller Vorfreude zu pochen.

Wir küssten uns wild die ganze Zeit über, während Benjamin meine Muschi erkundete und ich seinen erigierten Penis.

Ein Finger schob sich tief in meine nasse Möse, und ich schob bei ihm die Vorhaut zurück.

Ich stöhnte unterdrückt, er knurrte dazu wie ein hungriger Kater.

Er begann mich auch noch mit einem zweiten Finger tief und hart in die Muschi zu ficken. Und ich rieb immer kräftiger an seinem Schwanz auf und ab.

Ich spürte die ersten Kontraktionen tief in meiner Vagina. Er merkte, wie sich seine Hoden plötzlich zusammenzogen, und gestand mir: »Ich fürchte, ich komme gleich, wenn du damit nicht aufhörst. Willst du mich denn nicht spüren?«

»Mir kommt es auch gleich! Sollen wir … Aber wo? Gleich hier?«, flüsterte ich.

Ich schlang ihm beide Arme fester um den Hals und weiter unten ein Bein um seine Hüften. In dieser Position konnte ich seine Schwanzspitze am Eingang zu meiner Möse spüren. Benjamin stieß das Becken nach vorn und drang in mich ein. Ich bewegte ruckartig meine Hüften, und Benjamins Schwanz dehnte mich mit sanftem Druck immer weiter auf. Schließlich steckte er bis zum Anschlag in mir. Unsere Schamhügel klatschten bei jedem Stoß aufeinander.

Fürs erste Mal genügte mir das … und angesichts der zusätzlich erregenden Tatsache, dass wir jederzeit überrascht werden konnten. Jeden Moment konnte die Hintertür aufgehen und ein fremder Mieter erscheinen, uns sprachlos und lüstern zugleich anstarren, sich dann erregt zwischen die eigenen Schenkel greifen, während wir …

Ich kam plötzlich und explosionsartig! Während drinnen im Treppenhaus soeben wie auf Kommando tatsächlich das Licht anging.

Der durch die Fenster fallende Lichtschein erhellte auch noch einen Teil des Hinterhofs. Schemenhaft nahm ich die Umrisse von Mülltonnen wahr. Gleichzeitig bekam ich mit, wie Benjamin sich völlig lautlos, aber heftig zuckend in mich ergoss.

Wir schafften es gerade noch, unsere Kleidung hastig und notdürftig zurechtzurücken und uns ins Dunkel der Toreinfahrt zu flüchten. Da öffnete sich bereits die Hintertür und heraus trat ein bulliger Mann, der in Hausschlappen und Trainingsanzug hinüber zu den Mülltonnen schlurfte und eine prall gefüllte Plastiktüte darin versenkte.

Benjamin und ich drückten uns Hand in Hand ganz eng an die Hausmauer. Kaum war der Kerl wieder im

Haus verschwunden, da rannten wir beide lachend auf die Straße hinaus.

Benjamin nahm mich hinterher mit in seine nahe gelegene Wohnung.

Endlich konnten wir uns gegenseitig in Ruhe ausziehen und uns dabei langsam und genüsslich mit Augen, Mündern, Zungen und Lippen erforschen.

Ich spürte seinen heißen Mund auf meinen Nippeln und bog mich vor Lust, als Benjamin sanft zu saugen begann. Schließlich wanderten seine Lippen verlangend weiter nach unten, seine Zungenspitze stieß in meinen Bauchnabel. Schon glitten die heißen und trockenen Lippen weiter abwärts, auf der Suche nach meiner Nässe und der geschwollenen Klitoris.

Benjamins Mund saugte behutsam meinen Kitzler ein und ließ seine Zunge immer wieder über die Perle gleiten, bis sie doppelt so groß geworden war wie normal.

Meine Muschi pochte und pulsierte und zog sich immer wieder unter Benjamins Liebkosungen heftig zusammen. Er verwöhnte mich lange und intensiv, und ich ließ mich fallen, tiefer und tiefer …

Und es war noch lange nicht zu Ende. Ich kam einige Male unter seinen Lippen, ehe Benjamin langsam mit seinem herrlichen Schwanz in mich eindrang.

Nun spielten wir eine ausgiebige Runde *Slow Sex* miteinander.

Kaum steckte *Mister Sexy Eyes* tief in mir, da hörten wir beide auf, uns zu bewegen. Wir schauten uns nur tief in die Augen und beobachteten die langsam wachsende Lust, die sich in den Pupillen des jeweils anderen spiegelte.

Auf jeden Druck meiner inneren Lustmuskeln reagierte sein Schwanz mit einem kleinen spürbaren Zucken. Ich begann dann irgendwann, im selben Rhythmus an Benjamins Zungenspitze zu saugen. Und wieder antwortete sein Schwanz, als würde ich an ihm saugen, ganz vorn an der prallen Eichel. Ich spürte, wie Benjamin in mir noch härter und größer wurde, wie er heftiger pumpte. Ich brachte ihn bis kurz vor den Höhepunkt und verhielt mich dann erneut völlig passiv. Er machte mit. Erst nach einem Weilchen bewegten wir uns wieder sachte, küssten und leckten uns, streichelten und erregten uns aufs Neue. Aber wir kamen nicht, weil wir es nicht wollten. Wir wollten unsere Grenzen ausloten und dabei den Höhepunkt so weit wie möglich hinausschieben. Unsere Körper lernten sich kennen, intensiv und erregend. So etwas war mir noch nie passiert, Sekunden wurden zur Ewigkeit.

Für diesen unglaublich sinnlichen Seelensex ließen wir uns fast die ganze Nacht lang Zeit. Es war einfach wundervoll: Und mehr Lust, mehr Sex, mehr Begehren geht einfach nicht.

Wir genossen es …

Am nächsten Morgen beim ersten gemeinsamen Frühstück – es war Samstag, zum Glück! – überraschte mich *Mister Sexy Eyes* gleich noch ein weiteres Mal.

»Die Wohnung hier ist groß genug für zwei, Betty! Wenn du einziehst und wir deine Miete die nächsten Monate über sparen, dann klappt es noch diesen Winter mit dem Flug nach Sydney. Was meinst du dazu?«

»Der Winter, der ein Sommer war!«, trällerte ich und lachte dann leise. »So werden also Träume tatsächlich wahr, man muss sie bloß loslassen.«

»Oder einmal um die Welt fliegen, um vom Winter in den Sommer zu kommen«, sagte Benjamin trocken.

Ich zuckte nur mit den Schultern, ehe ich ihn so richtig verführerisch zu küssen begann. Denn ich war so oder so einfach *so was von glücklich*! Weil endlich auch in meinem Leben mal alles Gute auf einmal passierte …

Zweitmänner

Mein Beruf ist vielleicht etwas ungewöhnlich, aber für mich ist und bleibt er der schönste der Welt. Ich schreibe gerne offenherzige Geschichten. Ich bin Erotik-Autorin.

Gewisse Männermagazine drucken meine Stories nur unter männlichem Pseudonym ab. Die Chefredakteure meinen, nur ein Mann könne solche Geschichten schreiben. Und nur Männer würden so etwas lesen. Frauen würden Romantik und Blümchensex vorziehen.

Weit gefehlt, meine Herren!

Frauen lieben scharfe Erotik. Je heißer und erregender, desto lieber. Wir stehen auch auf *Dirty Talking*, im Bett und am Telefon. Wieso sollten wir dann schmutzige Wörter in erotischer Lektüre ablehnen? Notfalls lesen wir eben locker über ein Wort, das uns persönlich nicht zusagt, hinweg.

Hauptsache, der beschriebene Sex ist erregend und der Kerl in der Story gehört zur Gattung Sahneschnittchen. Gerne auch ein solches mit Waschbrettbauch. Wenn dieser Typus schon im wirklichen Leben so selten freilaufend vorkommt, so gehört er jedenfalls zwingend in jede gute erotische Story.

Wie bereits eingangs erwähnt, das Schreiben von Erotik ist an sich schon ein toller Job, der mir auch viel Spaß macht. Das Einzige, was mich wirklich manchmal ziemlich nervt, ist jedoch dieses plötzlich auftretende Glitzern in den allermeisten Männeraugen, sobald ich verrate, was ich beruflich so mache.

»Du schreibst erotische Geschichten? Tatsächlich? Wow, das ist aber mal ein interessanter Job!«

O ja, von wegen! Interessant findet mein Gesprächspartner dann vor allem die Aussicht auf unkomplizierten wilden Sex mit einer schon aus beruflichen Gründen erfahrenen und vermutlich völlig unverkrampften *Sexbombe*.

Sie glauben mir nicht? Sie können es gerne selbst einmal ausprobieren. Geben Sie sich einfach mal spaßeshalber als Sexautorin aus. An der Bar, auf einer Party in einer fremden Stadt oder wo es Ihnen sonst noch so gefällt und vor allem wo niemand Sie kennt.

Aber ich merke gerade, dass ich ein bisschen zu weit abschweife, eigentlich will ich Ihnen eine Geschichte aus meinem Leben erzählen. Natürlich geht es darin auch um Sex.

»Ich freue mich, Sie kennenzulernen, Veronica! Man hat mir erzählt, dass Sie heiße Erotikgeschichten schreiben. Ich würde gerne einmal eines Ihrer Bücher lesen. Verraten Sie mir Ihr Pseudonym?«

Der Typ war schon etwas älter. Um die Wahrheit zu sagen, doppelt so alt wie ich. Ich war gerade sechsundzwanzig geworden. Er hatte die fünfzig überschritten, das wusste ich aus verschiedenen Zeitschriften, die ziemlich regelmäßig über ihn berichteten.

Er war reich, er war prominent und kannte viele Leute, die ihn auf ihre Partys einluden. Und auf einer dieser Partys trafen wir uns. Ich fand ihn interessant, sympathisch und durchaus attraktiv. Und er wusste von Anfang an ganz genau, was er wollte. Mich.

Andreas Greger war gewohnt zu bekommen, was er wollte. Meistens kaufte er es einfach. Villen, Hotels, Yachten, Kunstwerke, teure Autos. Und wenn es sein musste, kaufte er vermutlich auch Frauen.

Mich erlöste er zunächst nur von einer eher langweiligen Party.

Wir landeten in einem teuren Nachtclub, wo wir in einer Loge nebeneinander auf einer weinroten Lederbank Platz nahmen. Von unserem intimen Séparée aus konnten wir die Show-Bühne und die lange geschwungene Bar beobachten, aber selber dank der sehr diskreten Beleuchtung nicht gesehen werden.

Andreas bestellte uns Whisky. Ich liebe Whisky, vertrage ihn aber leider nicht allzu gut. Whisky macht mich schnell beschwipst und übermütig noch dazu. Vor allem aber leichtsinnig. Als Andreas irgendwann eine Hand auf meinen Oberschenkel legte, lachte ich dieses leise und wohl auch einladende kleine Lachen, das der Genuss von Whisky mir schon mal entlockt.

Die Männerhand auf meinem Oberschenkel strahlte derweil eine derartige Hitze aus … sie traf mich mitten zwischen die Beine. In meiner Muschi begann es angenehm zu prickeln.

Da ich nicht protestierte, schmuggelte sich die Hand schon bald unter den kurzen Rock meines Partykleides. Mir gefiel die Situation durchaus, weshalb ich immer noch nicht zu einer Gegenwehr bereit war. Andreas Greger übte eine solche Anziehungskraft auf mich aus, dass ich wohl auch ohne vorherigen Whiskygenuss mitgespielt hätte. Vielleicht nur nicht ganz so schnell.

»Veronica, du bist eine sehr schöne und aufregende Frau!«, sagte er nach einer Weile und fügte dann hinzu:

»Verzeihung! Aber es ist doch besser, wenn wir uns end-lich duzen, findest du nicht auch?«

Ich sah ihm tief in die Augen und lächelte.

Anschließend küssten wir uns zum ersten Mal. Seine heiße Hand tastete sich dabei wieder langsam an meinem Oberschenkel entlang und schließlich in meinen seidigen Slip hinein. Der dünne Stoff war inzwischen von meinen Säften völlig durchnässt.

»Ich merke, es gefällt dir!« Andreas klang glücklich und zärtlich zugleich, es schwang nichts von Anzüglich-keit oder Ironie in seiner Stimme mit, das hätte ich sofort gemerkt. Er seufzte und küsste mich erneut, seine Zunge war sehr geschickt und vollführte mit meiner einen Tanz.

Ich war unglaublich erregt und trotzdem noch klar ge-nug im Kopf, um die Situation blitzschnell zu erfassen. Es ging immerhin darum, ob ich mit Andreas Greger dem-nächst Sex haben wollte. Oder eben nicht. Denn wenn ich es nicht wollte, musste ich innerhalb der nächsten Sekun-den unser Spielchen höflich beenden. Anderenfalls würde es keine einigermaßen plausible Umkehr mehr geben. Einen Mann wie Andreas Greger stieß man besser nicht allzu rüde vor den Kopf.

Ich hakte in Gedanken blitzschnell ein paar wichtige Details ab: Der Mann besaß definitiv Stil … Er war ele-gant und redegewandt … Eine durchaus erotisch attrak-tive Mischung, alles in allem. Jedenfalls in meinen Augen.

Dass er obendrein auch noch sehr reich war – nun, das konnte immerhin nicht schaden.

Als ich gerade achtzehn geworden war, hat meine Groß-mutter zu mir gesagt: »Veronica, wenn du dich in einen armen Mann verlieben kannst, dann kannst du dich eben-so gut auch in einen reichen Mann verlieben!«

Die bestechende Logik dieser Behauptung erschloss sich mir damals schon. Und sie wirkt bis heute immer noch nach.

Meine Entscheidung war gefallen, als ich an die Worte meiner Großmutter dachte …

Ich legte verwegen eine Hand auf Andreas' Hosenschlitz und spürte seine birnenförmige Ausbuchtung, die schnell größer wurde, als ich sie nun leicht zu massieren begann.

Andreas stöhnte verhalten und knurrte leise, küsste mich aber dabei immer weiter. Zwischen meinen Schenkeln machten sich unterdessen seine Finger zu schaffen. Zärtlich erkundeten sie meine mittlerweile ganz glitschig gewordene Spalte und spreizten dabei die äußeren Schamlippen.

Andreas ging weder zu derb noch zu sanft vor, während er meine Weiblichkeit erforschte. Seine Finger übten genau den richtigen Druck aus. Meine heiße Muschi löste sich allmählich auf vor lauter Erregung. Und meine Körpersäfte flossen reichlich. Die Lust nahm stetig zu, sie prickelte und brannte heiß wie Feuer zwischen meinen Schenkeln.

Nun war es endgültig klar: Ich wollte ihn!

Ich wollte, dass Andreas Greger mich nahm. Mir war egal, was aus dieser Geschichte später werden würde. Für mich zählten in diesem Moment nur noch das Hier und Jetzt.

Ich konnte ein Stöhnen nicht mehr unterdrücken – und das stachelte ihn nur noch mehr an. Er rieb meine ohnehin schon wild pochende Perle zwischen seinen Fingern und massierte sie sanft. Das machte er so geschickt, dass es mir beinahe da schon kam. Meine Muschi zuckte, und zwischen meinen Beinen war es nass.

Andreas nahm mein Stöhnen und auch die Feuchtigkeit als Aufforderung, sich immer weiter vorzuwagen. Er ließ von meinem Kitzler ab und schob blitzschnell zwei Finger tief in mein heißes Fleisch. Die Enge öffnete sich bereitwillig und ließ die beiden Eindringlinge mit leisem, saftigem Schmatzen passieren.

Die Finger schoben sich immer tiefer in meine Muschi hinein. Bis es wirklich nicht mehr weiter ging und sie ganz in mir steckten. Andreas' Handfläche, die dabei fest von außen gegen die ohnehin schon geschwollene Perle drückte, ließ mich vor Lust erbeben.

Ich stöhnte.

Mein Körper zuckte vor sexueller Begierde, und ich stöhnte deshalb zunehmend lauter. Meine Umgebung war mir dabei vollkommen egal.

Mittlerweile blitzten grelle Sternchen hinter meinen geschlossenen Augenlidern auf. Ich war kurz davor zu kommen, aber das wollte ich nicht, jedenfalls noch nicht!

Ich dachte schnell an etwas anderes, daran, welche Konsequenzen eine kurze, heiße Nummer mit Andreas Greger für mich hinterher haben könnte.

Als hätte er meine Gedanken erraten, hörte Andreas plötzlich auf, mich zu küssen. Allerdings fickte er mich dafür mit seinen unermüdlichen Fingern umso härter weiter.

»Veronica, ich will dich!«, raunte er heiser und schaute mir so tief in die Augen, als wolle er mich gleichzeitig hypnotisieren.

Als ob das noch nötig gewesen wäre, dachte ich.

»Oh … Ja?«, hauchte ich, dann stöhnte ich erneut lauter. Einmal natürlich, weil mir danach war, denn meine Möse explodierte fast. Die Hitzewelle breitete sich aus, erreichte das Becken und stieg immer noch weiter an. Außerdem gefiel mir, wie gierig Andreas auf mein Stöhnen reagierte.

Ich war ja so unendlich neugierig auf seinen Schwanz! Auf dessen Größe, die Härte und Dicke und wie er sich anfühlen mochte, da drinnen in meiner engen Möse.

»Ja, ja, ja …«, keuchte Andreas im nächsten Augenblick in meinen Mund hinein, weil ich soeben seine Hose geöffnet und seinen Schwanz in beide Hände genommen hatte. Sein erigierter Penis sprang mir geradezu übermütig in die Hand. Genüsslich betastete ich den Schaft, von ganz oben bis ganz unten an der Wurzel.

Die Haut fühlte sich rührend jung an, zart, samtig und weich. Ansonsten aber war Andreas' Männlichkeit schön hart und fest und vorn an der Spitze leicht nach links gebogen.

Dieses Detail machte mich besonders an. So sehr, dass ich mich nach der sofortigen Penetration sehnte.

Ich besitze nämlich einen sehr sensiblen G-Punkt! Und ein vorn nach links gebogener Schwanz würde diesen Punkt bei mir treffen und perfekt stimulieren. Vor allem wenn er bis zur Hälfte seiner Schwanzlänge in mich eindrang und dann langsam und kraftvoll aus dem Becken heraus kleine kreisende Bewegungen machte.

Langsam schob ich die Vorhaut an seinem Schwanz zurück und strich ganz sanft mit einem Finger oben über die entblößte Haube. Als ich das zarte Bändchen und die kleine Vertiefung in der Mitte betastete, quollen aus ihr die ersten dicken Lusttropfen hervor.

Andreas stöhnte jetzt wild an meinem Mund und flüsterte dann zärtliche Worte, die ich kaum verstand. Ich war mittlerweile irgendwie weggetreten, wie in Trance gefallen.

Seine Finger wirbelten heftiger in meiner Möse herum, stießen vor und zurück und dehnten meine Enge immer mehr. Ich spürte die ersten Muskelkontraktionen in Muschi und Becken. Mein Puls hämmerte im gleichen Rhythmus dazu.

Ich fürchtete plötzlich, dass Andreas und ich es jeden Augenblick hier mitten im Club miteinander trieben. Aber genau das wollte ich unter keinen Umständen! Keine schnelle Nummer in diesem Nachtclub.

Das erste Mal wollte ich lieber anders haben, intimer. Und vor allem wollte ich mich seinem harten Schwanz ganz ausgiebig widmen können.

»Wir sollten besser aufhören!«, keuchte ich an seinen vor Hitze glühenden Lippen und versuchte vorsichtig ein wenig von ihm abzurücken.

»Nein, nein! Bitte nicht, bitte ... Ich bin verrückt nach dir, Veronica! Ich kann jetzt nicht so einfach aufhören, wie soll das gehen ... Bitte, lass mich, lass mich doch ...« Er drängte sich erneut ganz dicht an mich.

Mir brach der Schweiß aus.

»Aber hier im Nachtclub geht das doch nicht! Lass uns schnell verschwinden und dann ...«

»Doch, es geht hier, es geht fürs Erste! Keiner kann uns in der Loge sehen, dafür ist es viel zu dunkel. Willst du mich denn nicht auch, Süße?«

Er klang richtig rührend und fast verzweifelt. Sogar sein Schwanz zitterte in meiner Hand und wurde ein wenig kleiner und schlaffer. Nicht viel. Aber immerhin genug, dass es mir sofort auffiel.

Ich erschrak und massierte ihn zärtlich, woraufhin er sofort wieder hart wurde.

Andreas zog ganz langsam seine Finger aus meiner vibrierenden und schmatzenden Möse ...

»Komm, setz dich auf meinen Schoß, Süße!«, forderte Andreas mich flüsternd auf.

Ehe ich protestieren konnte, packte er meine Taille mit seinen kräftigen Händen und hob mich auf seinen Schoß. Sein steil aufgerichteter Schwanz war sofort zwischen meinen Schenkeln.

Es war zu spät, um es zu beenden. Ich sprudelte vor Geilheit wie ein Springbrunnen, das wussten wir beide. Eine Frau, die so nass war zwischen den Beinen, die konnte gar nicht mehr warten, die brauchte einen harten Schwanz tief in ihrer Möse.

Langsam bewegte ich mich auf ihm, lüpfte meinen Po und zog mir meinen hauchdünnen Seidenslip aus, der zu Boden segelte. Der Rock meines Kleides schob sich unanständig weit hoch über die Schenkel, aber immerhin war der Weg für Andreas' harten Ständer nun frei.

Die dicke Eichel drängte sich sofort zwischen meine Schamlippen und schob sie auseinander. Rasch hob ich nochmals Po und Hüften ein wenig an, um das Eindringen zu erleichtern. Ich spürte, wie die glatte feuchte Kuppe gegen meine intimste Stelle drückte und sich von außen daran rieb. Mein Verlangen wurde augenblicklich übermächtig, und ich begann am ganzen Körper zu zittern. Meine Muskeln gaben nach, und kurz darauf glitt Andreas' Rute mühelos tief hinein in meine nasse geschmeidige Enge.

Er schob sich stürmisch vorwärts, spaltete mich auf in zwei lustvoll zuckende Hälften. Meine Muskeln da drinnen schlossen sich sofort wieder eng um ihn und begannen mit einer sanften Massage, die Andreas erneut aufstöhnen ließ.

Ich spürte sein gieriges Zucken und dieses Pulsieren ganz tief drinnen in mir. Das alles zusammen hätte eigentlich schon genügt, um mich innerhalb weniger Minuten auf den Höhepunkt zu katapultieren.

»Halt still, bitte!«, flehte ich.

Aber Andreas konnte nicht, und vermutlich wollte er auch gar nicht.

»Ver… Veronica …«, stöhnte er von hinten in meinen Nacken. Denn er hatte mich so auf seinem Schoß platziert, dass ich weiterhin die Show-Bühne und die Bar im Blick behielt.

Mein Rücken drückte gegen seinen Bauch. Sollte uns wirklich jemand überraschen, er würde hoffentlich glauben, wir sähen uns nur in inniger Umarmung die nächtliche Bühnenshow an.

Andreas' heißer Atem kitzelte mich am Hals. Ich spürte, wie mir davon erneut der Schweiß am ganzen Körper ausbrach. Meine Beine zitterten immer heftiger. Alarmierende Anzeichen, dass ich gleich kommen würde! Und es gab jetzt nichts mehr, was meinen Höhepunkt noch hinauszögern konnte.

Andreas' Schwanz füllte mich so vollständig aus, dass allein dieses irre Druckgefühl tief drinnen in meinem Unterleib dafür sorgen würde …

Jetzt packte er auch noch erneut mit beiden Händen meine Taille und hob mich in die Höhe. Nicht viel, aber hoch genug. Der Schwanz glitt ein Stückchen aus meiner Möse. Andreas ließ meine Taille los, und sein Schwanz bohrte sich sofort wieder ganz tief in mich hinein und spaltete mich dabei erneut auf.

Was für ein wahnsinnig lustvolles Gefühl … Ich explodierte beinahe im selben Augenblick und schrie kurz auf, ehe ich mir auf die Lippen beißen und den Lustschrei dämpfen konnte. Mein ganzer Körper glühte, meine Wangen und die Stirn brannten. Mein Atem ging heftig.

Ich spürte, wie Andreas mich nochmals hochhob, und hatte sekundenlang das Gefühl, meine Möse würde oben auf seiner Schwanzspitze tanzen. Dann glitt ich schon wieder nach unten, spürte wie der harte Stab in mir wild zuckte und sich gleichzeitig tief in mir ergoss.

Während er noch zuckte und pumpte, stieß Andreas in meinem Rücken ein dumpfes Knurren aus, anschließend biss er mich zärtlich in den Nacken, und es war vorbei.

Ich blieb auch danach noch auf seinem Schoß sitzen, weil Andreas von hinten die Arme fest um meine Hüften gelegt hatte und mich nicht loslassen wollte. Sein Schwanz steckte weiterhin in mir und wurde nur ganz allmählich schlaffer.

Wenn ich mich vorbeugte, um unsere Gläser mit beiden Händen vom Tisch zu nehmen, dann spürte ich, wie er in meiner Möse erneut zum Leben erwachen wollte. Das gefiel mir, und ich stellte die Gläser, nachdem wir getrunken hatten, auch wieder zurück. Kurz darauf beugte ich mich dann schon wieder nach vorn.

Andreas' Schwanz pochte und zuckte und wurde erneut härter. Ich spürte das alles deutlich in meiner Vagina, die nach dem Orgasmus noch immer kribbelte und sehr empfänglich für Reize dieser Art war.

Andreas ging es wohl ganz ähnlich, denn sein Glied teilte sich meiner Möse mit und zeigte ihr, dass noch ziemlich viel Leben in ihm steckte.

Kleine Lustpfeile fuhren dabei auch durch mich hindurch. Ich merkte, dass ich selbst auf diese Weise erneut in Fahrt kommen könnte.

Andreas griff um mich herum und nahm sein Glas aus

meiner Hand entgegen. Selbst diese sanfte Bewegung erzeugte zwischen meinen Beinen ein weiteres Aufblitzen
von wilder Lust.

Wir tranken, anschließend stellte ich ein weiteres Mal
die Gläser zurück auf den Tisch, wozu ich mich natürlich
schon wieder nach vorn beugen musste.

Deutlich spürte ich, wie sich die Schwanzspitze in diesem Moment tatsächlich an meinem Lust-Punkt im ersten
vorderen Drittel der Scheide rieb. Sofort fing meine Möse
unter dem erregenden Druck heftig Feuer.

Ich lehnte mich mit einem kleinen Stöhnen zurück und
einen Augenblick lang an seine breite Brust.

Er biss mich sanft und zärtlich seitlich in den Hals. Wie
ein verliebter Vampir, der gierig auf mein Blut war.

Ich tat so, als erschrecke ich von dem Biss, und beugte
mich blitzschnell nach vorn, um den gefährlichen Vam-
pirzähnen zu entkommen und dann …

O ja, ja, ja!

Ich war gerade noch einmal gekommen.

Andreas spürte natürlich meine innerlichen Kontraktionen auf seinem Schwanz, der sich daraufhin ebenfalls
kurz aufbäumte.

»Lass uns zu mir fahren, Süße!«, raunte es in meinem
verschwitzten Nacken. »Ich habe ein riesiges Bett, einen
offenen Kamin und eiskalten Champagner im Kühlschrank!«

Kein Wunder, dass ich meinen völlig zerknüllten Slip
unter dem Tisch im Nachtclub einfach vergaß. Ich meine,
bei diesen Aussichten …

Wir tranken den Champagner später nackt auf einem
Bärenfell vor dem flackernden Feuer im Kamin. Es war

eine Szene wie aus einem Film oder auch aus einer meiner Geschichten. In denen gab es auch gern mal Feuer im offenen Kamin …

Zwischen zwei Gläschen vögelten wir langsam und intensiv. Das Gefühl war unbeschreiblich, körperlich wie seelisch.

Andreas' Schwanz zuckte und pochte tief und warm in mir. Meine Muskeln in der Vagina antworteten auf jedes noch so kleine Zucken und Pochen mit einem köstlichen langsamen Zusammenziehen. Dabei vergaß ich vor Erregung oft glatt zu atmen.

Andreas seufzte jedes Mal entrückt, weil sein Schwanz durch diese leisen Kontraktionen in meiner Scheide leicht und sanft massiert wurde.

Die Lust nahm dabei stetig und unaufhörlich zu, den passenden Rhythmus fanden unsere Körper von selbst, wir brauchten uns nur hinzugeben und das Denken auszuschalten. Es war so einfach wie lustvoll und erregend intensiv.

Der Höhepunkt stellte sich irgendwann wie von selbst ein, ohne Anstrengung, ohne wildes Reiten und heftige Bewegungen. Ich erlebte sogar mehrere Gipfel hintereinander, obwohl ich einfach nur dalag und genoss.

Andreas bäumte sich irgendwann heftig auf mir auf und riss seinen Schwanz aus meiner Möse. Dann spritzte er mit einem lauten Schrei auf meinem Bauch ab. Sein Sperma roch nach purer Lust.

»Du bist wunderbar«, sagte er leise, als er schließlich atemlos neben mir lag, eine Hand auf meiner Brust, die andere auf meinem Oberschenkel.

Am nächsten Morgen beim Frühstück in Andreas' Penthouse kam er dann ohne Umschweife erst richtig zur Sache. Er ergriff meine Hand, und dann machte er mir einen Heiratsantrag! Einfach so.

»Aber«, sagte ich, »Andreas, nur weil wir tollen Sex hatten, musst du mich doch nicht gleich heiraten!«

Er lachte zärtlich. »Das weiß ich doch. Es geht auch nicht um den Sex, oder jedenfalls nicht in erster Linie. Ich habe dich auf der Party gesehen und wusste es sofort: Du oder keine! Ich weiß schon, was ich tue, Veronica. Und ich weiß, was ich will. Immer. Da wir körperlich auch noch so offensichtlich harmonieren …« Er hielt inne und küsste meine Hand, dann bat er mich: »Sag ja, Veronica. Mach mich zu einem glücklichen Mann, bitte.«

Ich nickte vorsichtig. Ich war überwältigt, geschmeichelt und gerührt zugleich. Das Wort brachte ich dennoch nicht über die Lippen. Aber mein Nicken schien Andreas zu reichen.

Einen Termin für den großen Tag hatte er sich auch bereits überlegt. Zwischen Weihnachten und Silvester, da konnte er sich von seinen sonstigen Verpflichtungen freimachen.

»Ich weiß, ich bin doppelt so alt wie du, Liebling! Und ich weiß außerdem, dass ich einer so jungen und schönen Frau aus diesem Grund besonders viel bieten muss, damit sie mir treu bleibt. Als Erstes werden wir Anfang nächsten Monats gemeinsam in die USA reisen. Vorgezogene Flitterwochen, wenn du so willst …« Er legte eine Pause ein und bedeckte die Innenfläche meiner Hand mit kleinen Küssen.

Dann sagte er noch etwas von einem Ehevertrag und einer darin festgelegten Abfindungssumme im Falle einer Scheidung.

Mir wurde klar, er hatte sich tatsächlich alles gut überlegt. Ein erfolgreicher Mann wie er überließ nichts dem bloßen Zufall. Ich hätte es wissen müssen. Er dachte und handelte nur schneller und zielgerichteter als andere Leute, mich eingeschlossen. Vielleicht war Andreas genau deshalb auch so erfolgreich.

Nach diesem Gespräch tranken wir wieder Champagner und frühstückten fröhlich weiter. Mir entging dabei irgendwie, dass Andreas Greger mich soeben regelrecht eingekauft hatte. Vermutlich wollte ich es aber auch gar nicht anders zu diesem Zeitpunkt. Denn ich hätte ja immer noch laut und deutlich nein sagen können.

In den folgenden Wochen bis zum geplanten Abflug in die Staaten sahen wir uns anfangs täglich. Es gab sogar schon die ersten öffentlichen Fotos von uns, Hand in Hand. Abgedruckt in einer besonders umtriebigen Gazette.

Schließlich kam dieser Tag, an dem meine Agentin mich anrief und zu einem wichtigen Termin mit einem großen Verlag nach Berlin einbestellte. Es ging um neue Buchaufträge. Also buchte ich brav sofort einen Flug. Andreas konnte nicht mit. Er musste zu einer Aufsichtsratssitzung des von ihm gegründeten, sehr erfolgreichen Konzerns.

Kurz nach der Landung in Berlin-Tegel ritt mich völlig überraschend der Teufel. Ich schickte eine kleine SMS an einen gewissen Daniel Randell. Ich schwöre, ich tat dies tief aus dem Bauch heraus, ohne lange nachzudenken.

Daniel war nur wenig älter als ich und ebenfalls Schriftsteller. Allerdings als solcher in gewissermaßen höheren Gefilden unterwegs. Er hatte Dramaturgie studiert und schrieb, neben der Arbeit an seinem zweiten Buch, hauptsächlich sozialkritische Stücke fürs Theater. Vorerst noch mit eher geringem finanziellen Erfolg. Dafür riefen seine

Stücke aber immerhin kontroverse Kritiken hervor, die Anlass zu der Hoffnung gaben, Daniel würde eines Tages seinen Weg als ernsthafter Künstler machen. Im Übrigen war er nicht auf Daniel Randell getauft worden. Er trat jedoch nur noch unter diesem Künstlernamen auf. Sein früheres Leben habe er abgestreift, hatte er mir schon bei unserem Kennenlernen erzählt. Der neue Name stehe jetzt auch in seinem Pass.

Ich will nicht verschweigen, dass er zu allem Überfluss äußerst attraktiv war. Groß, gut gebaut, dunkel, mit dieser Sorte von weichem Dreitagebart gesegnet, die so verdammt sexy wirkt und doch so wenigen Männern in genau der richtigen Art und Weise wachsen will.

Ich brauchte nur über Daniels Kinn zu streichen, schon bekam ich Lust, den ganzen Kerl zu vernaschen.

Daniel besaß zu allem Überfluss wunderschöne lange schwarze Wimpern. Diese Wimpern gaben seinem ohnehin schon dunklen Blick noch eine zusätzliche Tiefe. Er konnte einen mit einem einzigen Blick geradezu einsaugen. Auf mich wirkte dieser Blick hypnotisierend, er machte mich willenlos und brachte meine Knie zum Zittern.

Ich kannte Daniel erst seit relativ kurzer Zeit. Kaum länger als Andreas. Ich hatte eine einzige Nacht mit Daniel verbracht und war dann kurz darauf nach Düsseldorf zurückgeflogen. Wo ich die Einladung zu jener bewussten Party mit bereits bekanntem Ausgang vorfand.

Daniel simste erst einige Zeit später zurück: *Bist Du etwa immer noch scharf auf mich, V.?*

»Was glaubst du denn?«, provozierte ich ihn, als ich zurückschrieb. »Ich will es lesen. Schreib es mir!«, forderte er mich auf.

»Ich würde dich nur gerne wiedersehen«, wich ich feige aus.

»Wozu denn? Du warst es doch, die damals einfach abgehauen ist. Zurück nach Düsseldorf. Es war deine Entscheidung, nicht meine. Schon vergessen?«

»Okay, lassen wir es. Ciao.«

»He … Du brauchst nicht gleich beleidigt zu tun, ich will es doch bloß lesen … Du weißt schon!«

Ich ließ mir eine Stunde Zeit, spürte genau, dass der Mistkerl mich von nun an zappeln lassen würde, von ihm aus auch bis in alle Ewigkeit … Also simste ich, und zwar mit Wut im Bauch und unter Zähneknirschen, aber eben doch: *Also gut: Ich bin scharf auf Dich. V.*

Er antwortete drei Stunden später: *Heute Abend um 22 Uhr. Treffpunkt, Du weißt schon wo! D.*

Mittlerweile war es Abend geworden in Berlin, und ich hatte ein erstes Arbeitstreffen mit meiner Agentin hinter mir.

Ich ging in mein Pensionszimmer am Savignyplatz zurück und sofort unter die Dusche. Als ich den warmen, harten Wasserstrahl auf meiner Haut spürte, der meinen Körper massierte, bekam ich sofort heftigen Appetit auf Sex. Ich stellte mir vor, es wären D.s Hände, die mich da auf den Brüsten, am Bauch, an den Schenkeln und vor allem zwischen den Beinen massierten, bis alles prickelte und ganz warm wurde.

Ich schloss die Augen und stellte mir Daniels angenehm hübsches Gesicht vor, seinen breiten und nur spärlich behaarten Brustkorb, das perfekte Sixpack darunter.

Schließlich das dunkle Nest gekräuselter weicher schwarzer Haare. Den geradezu göttlichen und selbst im ruhenden Zustand bereits beachtlich geformten Penis.

Schließlich die beiden ungewöhnlich großen prallen Hoden, die sich unter dem Schwanz wölbten.

Daniel war so gut bestückt, dass damals, als ich in den Genuss des nackten Anblicks kam, meine Möse sofort Feuer fing.

Jetzt unter der Dusche im Pensionszimmer wurde mir wieder glühend heiß von der bloßen Erinnerung an jene Nacht mit diesem Prachtstück.

Ich stellte das Wasser kälter ...

Nach jener Nacht hatte ich beschlossen, es zu keiner zweiten Begegnung mit Daniel Randell kommen zu lassen.

Er war mir zu intensiv, im Bett wie im Leben. Das erschien mir auf Dauer zu gefährlich, im Bett wie im Leben, jedenfalls nicht alltagstauglich. Zu anstrengend und aufwühlend. Zum Schreiben braucht man seine Ruhe ... Das alles war mir schon vorher klar gewesen, ich meine, bevor wir uns gegenseitig fast den Verstand aus den Köpfen vögelten, Daniel und ich. Ausprobieren hatte ich ihn dennoch unbedingt wollen.

Als ich am Morgen danach mit wunder Möse aufwachte und mich total ausgelaugt fühlte, körperlich wie seelisch, machte ich mich schleunigst aus dem Staub. Einen solchen Grad an Intensität konnte ich auf Dauer nicht aushalten. Einer wie Daniel würde mich unweigerlich auslaugen. Ich hatte andere Pläne für mein Leben.

Auf dem Rückflug nach Düsseldorf machte ich mir an jenem Tag die ersten Notizen. Ich wollte über diese Nacht schreiben. Die Begegnung mit Daniel Randell war sozusagen Recherche unter verschärftem Ganzkörpereinsatz gewesen.

Immerhin liebte ich meinen Beruf und brauchte ständig neue Ideen für meine Geschichten. Und diese Story hier hatte ich zur Abwechslung tatsächlich mal selbst und hautnah erlebt.

Ich fuhr mit der S-Bahn nach Berlin-Mitte, wo Daniel ein billiges kleines Apartment gemietet hatte. Während der Fahrt fiel mir wieder ein, dass ich kaum etwas von ihm wusste. Aus seinem Privatleben, meine ich. Ich wusste nur, dass er wohl keine glückliche Kindheit gehabt hatte. Sein Vater hatte die kleine Familie genau an Daniels achtem Geburtstag verlassen. Später machte Daniels Vater so richtig Karriere und obendrein viel Geld. Der Sohn allerdings wollte nicht einmal eine kleine Finanzspritze während des Studiums von ihm annehmen. Es gab längst auch keinerlei persönlichen Kontakt mehr zwischen den beiden. Die Verleugnung des einstigen Familiennamens war dann nur folgerichtig.

Daniel Randell war einer von der gefährlichen Sorte: ein *einsamer Wolf*.

Und genau das zog mich so sehr an, dass ich heute Abend noch einmal zu ihm fuhr, fahren musste …

Ich klingelte unten, ein Summer ertönte, ich schob die Haustür einen Spaltbreit auf und huschte ins leicht muffige Treppenhaus.

Die Begierde trieb mich eiligst die vier Stockwerke hoch, ich war blind und taub, wurde von meiner pochenden Möse regiert.

Seine Wohnungstür war angelehnt. Ich schlüpfte leise in den Flur und dann direkt in das kleine Schlafzimmer hinein, das ich ja bereits kannte.

Er lag nackt auf dem Rücken im Bett. Lediglich ein dünnes Laken spannte sich von den Hüften abwärts eng um seinen Körper. Darunter zeichneten sich die langen

Beine und in erregender Deutlichkeit vor allem sein bereits erigiertes Glied ab.

Daniels Bartschatten war dunkler, als ich ihn in Erinnerung hatte. Sein Blick frecher und verwegener. Sein Grinsen irgendwie unverschämt ... erregend unverschämt.

Ich riss mir den Mantel vom Körper. Darunter trug ich nur einen dünnen Fetzen von einem Kleid und keine Unterwäsche.

Kaum hatte ich mich aufs Bett geworfen, da rangelten wir auch schon miteinander. Wir rollten herum, küssten und bissen uns abwechselnd.

Er kam auf mir zu liegen und streifte mir die dünnen Spaghettiträger meines Sommerkleidchens von den Schultern, entblößte meine Brüste. Dann machte er sich darüber her. Daniel lutschte und saugte abwechselnd so hart an meinen Nippeln, dass sie zu brennen begannen. Lustblitze zuckten durch meinen Körper und bohrten sich mitten hinein in meine Weiblichkeit.

Ich löste mich vollständig auf, fieberte und stöhnte, verlor restlos den Verstand und wollte nur noch eins: ihn tief und hart in mir spüren.

Mit den Händen schob er hastig mein Kleid über die Hüften nach oben. Ich spürte, wie hart sein Schwanz mittlerweile war und wie er gierig zuckte. Wie er sich wieder und wieder an meiner Bauchdecke rieb und dabei ganz feucht oben an der Eichel wurde.

»Du bist also nach Berlin gekommen, um mich zu ficken, stimmt's?«, brachte Daniel zwischen meinen Brüsten keuchend hervor.

»Nein, ich ...«, protestierte ich halbherzig.

»Lügnerin! Ich weiß es, und du weißt es auch!«

Er nahm meine Brustknospe wieder zwischen die Zähne.

Es tat mittlerweile richtig weh, aber es war auch ein lustvoller Schmerz. Ich stöhnte auf.

»Fick mich!«, hörte ich mich schreien.

Und er tat, wie ihm geheißen …

Ich spürte, wie er hart in mich eindrang. Ein einziger Hüftschwung genügte und Daniels Schwanz war in mir.

Nass, wie ich war, konnte er mühelos weiter vordringen. Weiter oben bearbeitete Daniels Mund immer noch meine brennenden Knospen. Er saugte erneut daran, leckte und biss. Immer wieder, ohne Gnade, ohne Erbarmen. Irgendwie besessen.

Dann begann er mich kräftig und ausdauernd zu stoßen. Erinnerungsfetzen an unsere erste und bisher einzige Nacht schwirrten durch meine diffusen Gedankengänge: *Damals war er doch zärtlicher und vorsichtiger gewesen. Anfangs sogar fast ein wenig schüchtern. War er etwa wütend auf mich, weil ich danach einfach abgehauen war? Wollte er mich jetzt dafür bestrafen?*

In meinem Unterleib schien irgendetwas zu explodieren. Gleich würde es mich zerreißen, von innen nach außen.

Daniels Schwanz war mit Sicherheit das längste, dickste und härteste Teil, das jemals meine Muschi geentert hatte. Er füllte mich vollkommen aus. Dabei dehnte er meine Vagina so sehr, dass ich bald nicht mehr wusste, ob es nun eher Lust war oder aber schierer Schmerz, was ich dabei empfand. Vielleicht war es auch eine Empfindung irgendwo dazwischen. Lustschmerz?

Es brauchte eine Weile, bis meine enge Möse sich vollständig an Daniels Ständer gewöhnt hatte. Ich spürte, wie sie zunehmend weicher, weiter und offener wurde.

Ab diesem Zeitpunkt setzte die Lust erst so richtig ein.

Eine rauschhafte Sinneslust. So ungeheuerlich stark und überwältigend, dass ich Zeit und Raum vollkommen vergaß. Ich vergaß meinen Namen, ich vergaß mein bisheriges Leben, ich vergaß, warum ich eigentlich nach Berlin gekommen war.

Und ich vergaß vor allem auch, dass ich eigentlich mit einem anderen Mann verlobt war.

Ich schrie. Laut. Meine eigenen Schreie hallten in meinen Ohren wider. Dennoch nahm ich sie gar nicht wirklich wahr.

Daniel gebärdete sich jetzt tatsächlich wie ein Besessener. Immer härter und tiefer trieb er seinen Schwanz in mich hinein. Zog ihn kurz heraus und stieß ihn gleich darauf wieder rücksichtslos hinein.

Ich schrie die Lust und alles andere einfach heraus, bis ich irgendwann heiser war. Mein Puls raste, das Blut rauschte in meinen Ohren. Meine Hüften bewegten sich wie von selbst im harten Rhythmus, den dieser Schwanz in meiner Möse trommelte.

Dann kamen wir beide gleichzeitig.

Hinterher waren die Laken völlig verschwitzt und zerwühlt.

Wir schliefen ein, schliefen den unruhigen Schlaf der Erschöpften. Wachten auf, fielen übereinander her, schliefen wieder eine Runde, vögelten uns durch die nächste. Bis zum Morgengrauen ging das so weiter.

Ich erwachte wieder einmal als Erste, stand leise auf, suchte meine wenigen Kleidungsstücke zusammen und ging in den Flur. Dort stand eine uralte Kommode, eine Schublade hing halb heraus. Darin lag ein reichlich zerknittertes Foto von Daniel. Es mochte einige Jährchen alt sein, aber er hatte sich seither kaum verändert. Ich stibitzte das Foto kurzerhand, schob es in die Manteltasche und verließ leise die Wohnung. Wieder einmal ohne Abschied. Daniel schlief immer noch tief und fest. Schön wie ein gefallener Engel lag er zwischen den völlig zerwühlten Laken.

Am frühen Nachmittag hatte ich den wichtigen Termin im Verlag. Vorher traf ich meine Agentin zum Lunch, für letzte Besprechungen. Sie sah mich besorgt an. »Alles in Ordnung?«

»Ja!« Ich zuckte mit den Schultern. »Wieso auch nicht?«

»Na ja, es sind sicher lediglich diese Schatten um die Augen herum. Die hast du sonst nämlich nicht, Veronica.«

»Nur schlecht geschlafen!«, erwiderte ich. »Vollmond und so …«

Sie nickte und lächelte.

Am Abend flog ich zurück nach Düsseldorf, wo Andreas mich abholte. Die erhofften Buchverträge hatte ich in der Tasche.

Als Andreas später im Bett zärtlich wurde, merkte ich erst, wie wund ich unten herum war. Und oben an den Nippeln ebenfalls. Zum Glück hielt er meine kleinen Schmerzensschreie für solche der Lust. Hinterher schlief ich ganz schnell und ganz tief ein.

Mitten in der Nacht erwachte ich vom schwachen Schein der Nachttischlampe. Andreas kauerte auf dem Bettrand, er starrte auf das Foto in seiner Hand. Es musste mir aus der Manteltasche gefallen sein. Oder aber er hatte meine Taschen durchwühlt. Eine dritte Möglichkeit gab es nicht.

»Deswegen also war dein Handy aus. Und in deinem Zimmer in der Pension hat das Telefon auch vergebens

geklingelt. Gestern spätnachts, heute ganz früh. Wusstest du, dass er mein Sohn ist?«, sagte Andreas, als ich ihn
sanft am Arm berührte.

»Nein«, antwortete ich schlicht, stand auf und zog
mich an.

Innerlich tobte die Hölle in mir. Der Schmerz und die
Ungeheuerlichkeit der Erkenntnis brannten wie Feuer
und fraßen meine Eingeweide von innen her auf. Vor allem Herz und Magen. Ich fragte mich zwar, wie und ob
ich das hier überleben würde, aber im Grunde war es mir
egal. Mir war übel. So übel, dass ich momentan ohnehin
nur sterben wollte. Aber natürlich würde ich weiterleben
müssen, das war mir instinktiv auch klar.

Ich musste da jetzt durch und mit der Situation und
meiner Seelenpein alleine klarkommen, das war meine
Strafe.

Als ich endlich fertig angezogen war, verließ ich Andreas,
ohne ein weiteres Wort.

Ich hatte meine kleine Wohnung immer noch behalten,
zum Glück. Auf dem Heimweg fragte ich mich, ob Daniel
etwas von seinem Vater und mir wusste? Vielleicht aus
einer der Gazetten? Hatte er sich deswegen so besessen
gezeigt, so irgendwie … wütend. War es das?

Dann entschied ich, dass es eigentlich nicht wichtig
war. Ich selbst hatte mit hohem Einsatz gepokert und ver-
loren. Das Risiko gehörte mit zum Spiel, so oder so.

Einige Monate später hatte ich eine ausverkaufte Lesung
in einer großen Buchhandlung mitten in Düsseldorf.

Hinterher kam jemand aus dem Publikum nach vorn zu
mir aufs Lesepodium. Es war Andreas. Er ließ sich mein

jüngstes Werk *So bekommen Sie jeden Mann herum. 99 Tipps und sexy Tricks.* signieren.

»Du bist bereits wieder anderweitig gebunden, wie ich sehe«, sagte er ruhig. »Die Lesung war übrigens mitreißend, provozierend, sinnlich und witzig. Du bist echt gut, Veronica.«

»Danke«, antwortete ich und sah mich nach Graham um, der mir in diesem Moment zuwinkte. Er unterhielt sich gerade mit dem Buchhändler. Graham war seit einigen Wochen mein neuer Verleger in London. Und der neue Mann in meinem Leben. Andreas' Scharfsinn war bemerkenswert. Vielleicht war er aber auch bloß eifersüchtig.

»Und mein Sohn?«, fragte er plötzlich.

»Das ist nicht wichtig, Andreas, oder? Es gibt geborene Zweitmänner. Und er gehört definitiv dazu. Du vielleicht auch, denk mal in einer ruhigen Minute darüber nach.«

Er sah mich an, sein Blick wurde weich. Dann lächelte und schließlich lachte er sogar. Fröhlich. Nicht sarkastisch oder zynisch oder spöttisch.

»Das werde ich, Veronica. Leb wohl und alles Gute.« Er wandte sich ab und ging.

Ich merkte, wie Graham hinter mich trat, sein Atem kitzelte mich am Nacken. »Alles okay?«

»Aber ja, alles bestens«, versicherte ich und rieb meinen Po ein wenig an seinem Hosenschlitz. Ich spürte, wie da prompt etwas heranwuchs. Es war an der Zeit, uns hier zu verabschieden und in Grahams luxuriöse Hotelsuite zu fahren. Er musste morgen schon wieder zurück nach London.

Und ich würde mal wieder klammheimlich nach Berlin fliegen. Nur für einen Tag und eine Nacht, wie immer.

Sexobjekt

Martin erwachte an diesem Morgen erregt und aufgewühlt.

Er hatte von zwei äußerst attraktiven Frauen geträumt:
Die eine war blond, die andere dunkelhaarig.

Die Blondine zeigte ihm ihre festen kleinen Apfelbrüs-
te und wiegte sich auf ellenlangen Beinen äußerst sexy in
den Hüften. Die Dunkelhaarige besaß einen prachtvollen
großen Busen und eine ganz schmale Taille. Sie lächelte
verheißungsvoll und schüttelte ihre schwarzen Locken.

Natürlich war Martin prompt in Versuchung geraten,
mit beiden zugleich ... Warum auch nicht? Im Traum
durfte man alles, Träume waren ja nur Schäume, wie es
so schön hieß.

Die beiden jungen Damen weigerten sich aber auf raf-
finierte Art und Weise, Martins Hoffnungen zu erfüllen.
Kaum wandte er sich der einen zu, um sich ausgiebig ihren körperlichen Vorzügen zu widmen, da löste sie sich in
einer weißen Nebelwand einfach auf. Wollte er daraufhin
die andere zärtlich befummeln, so verschwand diese, und
die erste tauchte wieder auf und zwinkerte ihm keck und
durchaus einladend zu.

So ging das eine Weile hin und her und machte Martin
völlig fertig. Er schlief unruhig und wälzte sich im Traum
wild herum. Im Schlaf wurde sein Schwanz steinhart, die

Erektion war fast schon schmerzhaft und ließ Martin dennoch nicht aufwachen. Dazu gesellten sich starkes Herzklopfen und ein hämmernder Puls. Sogar im Traum dämmerte Martin die tiefgreifende Erkenntnis: Die hübschen Damen wollten, dass er sich von ganzem Herzen für eine von ihnen entschied. Solange er versuchte, zweigleisig zu fahren, würden sie ihn immer wieder abblitzen lassen.

Und dann fing er sich sogar noch eine Standpauke von den beiden leicht bekleideten jungen Frauen ein. Sichtlich erbost beschimpften sie ihn als »Chauvi« und »Macho«. Zuletzt schalten sie ihn ein »verdammtes Weichei«, ehe sie sich gemeinsam in einer dicken weißen Nebelwand auflösten und daraus auch nicht wieder auftauchten.

Beim Aufwachen fühlte Martin sich immer noch innerlich aufgewühlt und unglaublich körperlich erregt zugleich. Diese verwirrende Gefühlslage behagte ihm nicht. Wieso musste er auch ausgerechnet solches Zeugs träumen? Ob das an dem Porno lag, den er sich vor dem Einschlafen angeschaut hatte? In dem Filmchen ging es um einen heißen Dreier: ein Mann und zwei Frauen.

Der Zusammenhang mit seinem Traum später in der Nacht lag also auf der Hand. Obwohl er, Martin, den Porno eigentlich grottenschlecht gefunden hatte. Allerdings ausreichend gut geeignet zur schnellen Triebabfuhr, und darum ging es ja letztendlich. Immerhin war er jetzt schon fast ein halbes Jahr lang eher unfreiwillig Single, was sollte er also machen, er war ja auch nur ein Mann. Der obendrein nicht auf unverbindliche One-Night-Stands abfuhr. Oder jedenfalls nicht mehr, seit er den 25. Geburtstag hinter sich gelassen hatte. Ein Weichei war er deshalb aber noch lange nicht! Das sagte sogar seine beste und platonische Freundin Carla.

Carla und Martin kannten sich schon seit dem Kindergarten. Einen kurzen Sommer lang – mit achtzehn – waren sie beide sogar verliebt ineinander gewesen. Das Verliebtsein verging, aber eine wunderbare Freundschaft blieb. Auf Carlas Meinung gab Martin eine Menge. Und wenn Carla ihm bestätigte, kein Weichei zu sein, dann war er auch keins!

Er sprang tapfer aus dem Bett und dann gleich weiter unter die Dusche, dabei pfiff er vor sich hin, das sollte zumindest die bleierne Müdigkeit aus seinen Knochen vertreiben. Den beachtlichen Ständer, der unter dem warmen Wasserstrahl noch weiterwuchs, seifte Martin so sorgfältig ein wie alle anderen Körperteile.

Als er seinen Schwanz dabei anpackte, überfiel ihn erneut wilde Lust, und sie ließ sich nicht anders bändigen … Martin seufzte und machte unter dem prasselnden Wasserstrahl die Augen zu. Das blonde und das schwarzhaarige Mädchen tanzten beide zusammen splitternackt hinter seinen Augenlidern. Sie blickten ihn direkt an und kamen dann lächelnd immer näher … Und Martin gab endlich nach. Seine rechte Hand legte sich fest um seinen Schwanz und fuhr von der Eichel bis zur Wurzel kräftig abwärts und wieder nach oben, die linke umfasste die Hoden und drückte und massierte sie … Die Blonde kniete sich gerade vor Martin hin, sie leckte sich vielsagend über die feuchten Lippen. Dann nahm sie seinen erigierten Penis in den Mund, ganz tief ließ sie ihn in ihre Kehle vordringen.

Martins Hand schob sich unbewusst schneller und kräftiger auf und ab. Er glaubte zu spüren, wie sich von hinten der große Busen des schwarzhaarigen Mädchens an seinen Rücken drängte. Ihre Hände legten sich um seinen Körper und fanden vorne auf der Brust seine beiden höchst empfänglichen Knospen. Das Mädchen zupfte mit ihren kühlen langen Fingern an den Nippeln, die davon hart wurden und Lustschauer durch Martins Leib jagten. Während die Blonde gekonnt und voller Hingabe weiter seinen pochenden Kolben lutschte.

Martin spürte, wie sich tief in seinen Lenden eine Explosion zusammenbraute. Auch seine Hoden fühlten sich schon hart und angespannt an. Und dann war er erlöst und ejakulierte laut stöhnend unter dem auf ihn niederprasselnden Wasser.

Martin duschte sich hinterher gewissenhaft von Kopf bis Fuß ab und sah dem Seifenschaum dabei zu, wie er leise gurgelnd im Abfluss verschwand. Er fühlte sich viel besser, entspannt und ruhig und endlich wach. Vor allem aber war sein schlechtes Gewissen wegen des Pornos und des anschließenden Traums verschwunden. Es war völlig normal, menschlich und außerdem wunderschön, sexuelle Phantasien zu haben und sich dabei selbst zu verwöhnen.

Später beim Frühstück las Martin in der Morgenzeitung sein Tageshoroskop. Das tat er sonst nie, oder jedenfalls nur selten.

Eine Lady in Black wird Ihnen heute über den Weg laufen. Halten Sie sie gut fest. Diese Dame in Schwarz könnte Ihr großes Glück werden!

Martin las das Horoskop gleich noch einmal, während er seinen ungesüßten schwarzen Kaffee trank. Anschließend holte er sein Handy heraus und schrieb hastig eine SMS an Freundin Carla: *Guten Morgen! Sag mal, glaubst Du an das Tageshoroskop in der Zeitung? Mit der Bitte um rasche Antwort. Martin*

Wenig später summte sein Handy. Carla schrieb: *Kommt ganz drauf an. Bussi. Carla*

Martin simste zurück: *Worauf denn????*

Carla antwortete: *Na, ob mir das gefällt, was ich lese! Im Übrigen ist es bei mir ohnehin noch nie eingetreten. Was im Horoskop stand, meine ich! Also beruhige Dich. Was ist los mit Dir? Zu langer Sex-Entzug, vermute ich mal!*

Worauf Martin sich eine Antwort vorsichtshalber ersparte. Denn meistens hatte Carla mit ihren Vermutungen recht.

Als Martin kurze Zeit später schwungvoll unten aus der Haustür trat – er war mittlerweile spät dran –, rannte er fast eine schlanke schwarze Gestalt mit Zylinder auf dem Kopf um. Der Schornsteinfeger wollte offenbar gerade ins Haus.

Martin entschuldigte sich hastig und stürmte weiter auf die andere Straßenseite hinüber, wo er seinen Wagen geparkt hatte. Erst als er den Motor startete, kam es ihm in den Sinn: *Ein Schornsteinfeger war doch ein Glücksbringer!*

Er konnte sich ein Grinsen nicht verkneifen. Nun drohte ihm also sogar schon doppeltes Glück! Dieser Tag versprach womöglich ein besonderer zu werden. Vielleicht sollte er heute Abend mal wieder ausgehen. Mit einem Kumpel aus der Firma. Oder mit Carla. Oder auch alleine, denn dabei lernte man am leichtesten Frauen kennen. Und man musste dem Schicksal ja auch eine faire Chance geben. Wenn das Horoskop einem schon eine Dame in Schwarz zugedacht hatte, dann sorgte man besser für passende Umstände, die so ein Treffen überhaupt erst ermöglichten. Zu Hause im eigenen Wohnzimmer war damit schwerlich zu rechnen.

Martin verließ die Firma an diesem Abend einmal pünktlich und machte sich auf den Weg in die Innenstadt. Er hatte beschlossen, sich neue Jeans und dazu ein tolles Hemd zu gönnen. Eigentlich ging er sonst nicht gern Klamotten kaufen, aber heute war er in der richtigen Stimmung dazu. Die neuen Sachen konnte er später dann auch gleich ausführen. Nur für den Fall, dass die *Lady in Black* seine Wege tatsächlich kreuzen würde.

In dem edlen Kaufhaus in der City fuhr Martin mit der Rolltreppe gleich nach oben zur Herrenabteilung. Er ließ sich Zeit und fand dennoch überraschend schnell, was er sich vorgestellt hatte. Und jetzt noch rasch die Sachen anprobieren – und der angenehme Teil des Abends konnte beginnen.

Viele der Umkleidekabinen schienen besetzt zu sein, aber dann erspähte Martin eine offene Tür, hinten an der Wand. In diesem Augenblick schob sich jemand dreist an ihm vorbei. »Verzeihung, aber ich müsste dringend mal …«

Und schon war die offensichtlich weibliche Gestalt in der freien Umkleidekabine der Herrenabteilung verschwunden!

Martin stand einen Moment lang verdutzt da und wusste nicht, wie ihm geschah. Diese junge Frau hatte sich nicht nur einfach vorgedrängelt, sie war auch noch in der falschen Abteilung unterwegs! Sollte er sich beschweren?

Andererseits war die Frau überaus attraktiv.

Dummerweise war sie aber weder in Schwarz gekleidet noch wenigstens schwarzhaarig. Sie war blond, eindeutig.

Martin musste grinsen. In diesem Moment öffnete sich die Kabinentür, und die blonde junge Dame streckte ihren hübschen Kopf heraus.

»Ach, Verzeihung! Ich bräuchte mal dringend Ihre Hilfe.«

Der Reißverschluss ihres Kleides klemmte hinten in Taillenhöhe. Martin löste das Problem, nachdem er seine neuen Sachen auf einem Hocker in der Kabine abgelegt hatte. Ein sanfter Ruck und der Reißverschluss tat, was er sollte. Er schnurrte mühelos nach oben, entlang eines wunderschönen nackten Rückens. Martins Hand glitt dabei über viel samtige Haut, das war unvermeidlich. Ihm wurde heiß, aber das bemerkte die junge Frau sicherlich nicht einmal. Das Kleid aus tomatenroter Seide saß nunmehr atemberaubend und umschmeichelte ihre verlockenden Kurven.

»Und, wie sehe ich aus?«

Martin räusperte sich leise. »Zum Anbeißen!«

»Ach, finden Sie?« Sie wiegte sich kokett in den Hüften und drehte sich dann vor dem Spiegel. Dabei streifte ein nackter Arm wie aus Versehen die verräterische Beule in Martins Hose.

»Das Kleid gibt es auch noch in Schwarz!«, erklärte die junge Dame und griff sich das dunkle Teil von einem Bügel, der an einem Wandhaken baumelte.

Martin zuckte innerlich zusammen. *Die Dame in Schwarz*, natürlich, hier stand sie direkt vor ihm, jedenfalls in wenigen Sekunden schon …

»Probieren Sie es an, ich warte solange draußen.«

Dieses Mal brauchte sie keine Hilfe mit dem Reißverschluss, dafür aber nochmals Martins Rat und winkte ihn in die Umkleidekabine.

»Schwarz oder doch lieber Rot?«, wollte sie von ihm wissen. »Ich heiße übrigens Carola. Und wir können uns gerne duzen!«, fügte sie dann hinzu.

»Und ich Martin. Mein Gott, das sieht ja atemberaubend geil aus. Zum Vernaschen geil, Carola!«

Er hatte beschlossen, es darauf ankommen zu lassen und sein Schicksal herauszufordern.

Sie legte den Kopf leicht schräg und sah ihn aus grünen Katzenaugen herausfordernd an. Dann zwinkerte sie ihm zu. »Also, Martin! Wenn das so ist, worauf wartest du dann noch?«

In seinem Kopf purzelten die Gedanken wild durcheinander: Dies hier war definitiv kein Traum! Sie stand leibhaftig vor ihm, die *Dame in Schwarz*.

Es wäre doch wirklich dumm, dem Schicksal und Carola zugleich einen Korb zu geben. Nur ein Trottel, ein kompletter Hornochse, ein vollkommenes Weichei würde hierzu »Danke, nein!« sagen …

Carola drehte ihm den Rücken zu. Sie stützte sich mit beiden Händen an der Hinterwand der Umkleidekabine ab und streckte dabei gleichzeitig ihren süßen knackigen Po heraus. Sie warf Martin über die linke Schulter einen kessen Blick zu und ließ die Pobacken lasziv kreisen.

»Plötzlich so schüchtern? Komm schon, Martin, ich bin heiß auf dich! Nimm mich. Wozu glaubst du denn habe ich das ganze Manöver hier abgezogen?«

»Du hast … was?«

Sie lachte leise und amüsiert. »In der Damenabteilung nebenan waren noch genügend Kabinen frei. Ich bin dir schon auf der Straße gefolgt. Als du ins Kaufhaus gingst, fiel mir wieder ein, dass ich hier neulich so ein tolles rotes Seidenkleid im Schaufenster gesehen habe, und da …«

»Nimm lieber das schwarze!« Er legte jetzt fest und gebieterisch seine rechte Hand auf Carolas hübschen Po.

Sie schnurrte zustimmend, da fing er an, die beiden runden festen Kugeln abwechselnd zu kneten.

Carola stöhnte immer wieder leise auf und warf den Kopf weit in den Nacken. »Ja, das fühlt sich sooo gut an. Hör bloß nicht auf, ich brauch das jetzt!«

Endlich einmal eine Frau, die weiß, was sie will und es sich auch nimmt ..., dachte Martin. Er konnte zwar sein Glück kaum fassen, war aber nichtsdestoweniger wild entschlossen, danach zu greifen und es mit beiden Händen festzuhalten.

Er drängte sich von hinten eng an Carolas weichen Körper und presste seinen steifen Schwanz an ihren kreisenden Po.

»Uuuuhhh, was haben wir denn da?« Sie kreiste schneller aus den Hüften heraus, was prompt Martins Erektion noch weiter anschwellen ließ.

Er legte ihr seine beiden Hände um die schmale Taille und brachte es gleichzeitig fertig, ein Bein zwischen Carolas Schenkel zu schieben. Er ließ die Hände nach unten gleiten und zog die beiden festen Arschbacken auseinander. Unter der glatten dünnen Seide öffnete sich einladend die Poritze.

Martin drängte seine Beule hinein, so gut es eben ging.

Er spürte, wie er von dem Druck und der Reibung sogar noch erregter und steinhart wurde.

Dieses draufgängerische Mädchen machte ihn total an!

Schwer atmend ließ er seine Hände langsam an Carolas sinnlichen Kurven entlang wieder nach oben wandern, bis hin zu den beiden anderen festen Äpfelchen, die sich dort unter der raschelnden schwarzen Seide versteckten.

Seine innere Stimme und seine Erregung flüsterten ihm zu: *Pack sie hart an, sie mag das, sie wartet nur darauf!*

Er presste die beiden Halbkugeln zusammen und massierte dann mit hartem Griff ihre Brüste.

Carola stöhnte laut auf, schien sich aber rasch auf die Lippen zu beißen, denn anschließend seufzte sie nur noch leise und sinnlich. Diese kleinen Seufzer verrieten ihm ihre ungeheure Lust.

Schließlich ließ sie ihre Hüften zunehmend schneller kreisen, dabei rieben sich ihre Pobacken heftiger an seinem zuckenden Schwanz. In Martins Körpermitte entzündete sich ein Feuer, das heißer und heißer wurde und sein Blut in glühende Lava verwandelte.

Er ließ Carolas Brüste los und schob stattdessen mit beiden Händen den Rock des Kleides hoch. Trotz seiner Gier tat er dies aufreizend langsam. Seine Fingernägel fuhren an ihren nackten Oberschenkeln entlang und kratzten über ihre samtweiche Haut. Sie schnurrte vor Vergnügen, und seine Lenden prickelten heiß und voller Verlangen.

Erst als seine Hände schließlich zwischen ihre Beine gelangten, wurde Martin endgültig klar, dass Carola nichts weiter unter dem Kleid trug.

Sie wusste tatsächlich ganz genau, von Anfang an, was sie wollte! Und sie will mich! Sie meint mich, und keinen anderen. Sie hätte sich doch jeden Mann draußen auf der Straße ausgucken können, ging es Martin durch den Kopf.

Gefühle durchfluteten ihn, die er lange schon nicht mehr in dieser Intensität empfunden hatte. Sie vermischten sich mit seiner rein körperlichen Erregung zu einem hochexplosiven Cocktail. Jede Faser seines Körpers war von Begierde erfüllt, und ihn überkam ein übermächtiges Verlangen.

Noch vor wenigen Minuten hatte er sich einzureden versucht, das Ganze hier sei absurd! Außerdem ... was wäre, wenn sie plötzlich überrascht wurden? Vielleicht vom Kaufhausdetektiv, dem die hübsche Frau aufgefallen war, als sie sich plötzlich in die Herrenabteilung verirrte, wie zufällig ... gleich würde er die Kabinentür aufreißen und ... Martin merkte, wie sogar dieser Gedanke ihn noch weiter erregte! Sein Schwanz zuckte wild. Oben aus der Eichel quoll der erste dicke Tropfen heraus.

»Fick mich, Martin. Bitte, fick mich jetzt sofort!«, raunte Carola ihm noch zu allem Überfluss zu.

Da schob er von vorne eine Hand zwischen ihre Oberschenkel. Er tastete sich voran bis zu der rasierten Ritze, die sich dort auftat, und spürte, wie ihre Feuchtigkeit seine Hand benetzte.

Mit Hilfe der Finger erkundete Martin Carolas nasse Möse, und sie öffnete sich unter den Liebkosungen wie eine Muschel.

Martins Finger fanden die große aufgerichtete Perle in der Mitte und begannen sie zu reiben. Sie richtete sich dabei immer mehr auf und schwoll noch einmal deutlich an.

Carola stöhnte währenddessen lauter und lauter, und ihre Beine begannen zu zucken. Martin musste seine zweite Hand zu Hilfe nehmen, um ihr rasch die Lippen zu verschließen.

»Nicht so laut! Was, wenn der Kaufhausdetektiv dich beobachtet hat, hm?«

Eigentlich gefiel ihm ihr Stöhnen, es geilte ihn noch mehr auf.

»O ja, o ja, ja, ja!«, stöhnte Carola, immerhin deutlich leiser dieses Mal. Sie stieß gleichzeitig ihre Pobacken heftig gegen Martins Lenden. Ein jäher Schmerz mischte sich unter seine Lust und ließ farbige Sternchen hinter seinen geschlossenen Lidern tanzen.

»Wir lassen ihn mitspielen, ja?«, schlug Carola keuchend vor.

»Wen denn?«, fragte Martin flüsternd und leicht benommen zurück, während er einen Finger tief in Carolas nasses Döschen schob. Er spürte, wie sich ihr feuchtes Fleisch um seinen eindringenden Finger verkrampfte. Und das wiederum machte seinen Schwanz noch härter. Es wurde Zeit, den Freund aus der Hose zu holen, ehe er sich noch dort drinnen entlud.

»Den Kaufhausdetektiv!«, raunte Carola. »Ich ließe es mir zu gerne von euch beiden gleichzeitig besorgen. Du von hinten, und er von vorne. Und dann umgekehrt.«

Martin dachte gar nicht daran, das hier mit einem anderen Mann zu teilen, aber das sagte er nicht laut. Es war Carolas versaute kleine Sex-Phantasie, und sie durfte ruhig darin so richtig schwelgen. Solange sie das noch heißer machte. Heißer für ihn allein! Denn gleich würde er, Martin, ihr seinen Dicken geben. Von hinten, während er sie von vorne mit den Fingern weiterfickte.

Er schob ihr einen zweiten Finger tief hinein in die saftige Muschi. Dann öffnete er mit der anderen freien Hand den Reißverschluss seiner Hose.

»Magst du es, wenn man dich in den Arsch fickt? Verrat es mir!«

»Lass dich nicht aufhalten, Cowboy! Ich liebe es von allen Seiten. Und am allerliebsten mag ich Sandwich-Sex. Ein Schwanz von vorne, einer von hinten … Jaaa, Cowboy, ich spür deinen Steifen! Tiefer, schieb ihn tiefer rein, ich will ihn ganz spüren … Ja, o ja! Und jetzt fick mich härter, Cowboy! Reite mich zu wie eine wilde Stute … o ja!«

Carola war nass, überall … die Poritze und die Rosette

dort drinnen. Alles war ganz geschmeidig, weich, offen und feucht.

Langsam und vorsichtig schob sich Martin immer tiefer hinein und dehnte sie. Der Druck auf seinen Schwanz nahm zu, das Ganze fühlte sich dennoch wahnsinnig stimulierend an. Als er tief drinnen steckte in Carolas engem Anus, begann er sie vorsichtig und langsam zu stoßen. Während er vorne seine Finger in der glitschigen warmen Muschi kreisen ließ.

Carolas Höhepunkt kam so überraschend wie heftig und riss Martin mit sich fort. Er explodierte tief in ihr, während das Blut in seinen Ohren laut rauschte und sogar Carolas leisen Schrei noch überdeckte.

Später am Abend musste Martin im Theaterfoyer eine Weile auf seine Begleiterin warten. Es war Carolas Einladung, die Karten hatte sie angeblich von ihrem Chef bekommen. Martin war alles recht, Hauptsache, er würde sie wiedersehen.

Dann kam sie auf ihn zu. Langbeinig und schön wie die Sünde. Sie trug das rote Kleid – entgegen dem Versprechen, das sie Martin noch rasch gegeben hatte, ehe sie die Umkleidekabine ihm überließ und verschwand … Was wurde jetzt aus seinem schönen Tageshoroskop von wegen *Lady in Black?*

Sie sah ihm die Enttäuschung wohl an der Nasenspitze an.

»Ich habe das rote Kleid auch noch gekauft, ich konnte einfach nicht widerstehen. Außerdem stand in meinem Tageshoroskop, ich würde heute in einem roten Outfit die Herzen aller Männer im Sturm erobern.«

Carola lachte vergnügt und hakte sich bei Martin unter.

Rasch verdrängte er gewisse unangenehme Gedanken, die ihm gerade durch den Kopf geschossen waren: *Bin ich bloß ihr derzeitiges Sexobjekt und einfach austauschbar? Sie hat doch mich erobert, genügt ihr das etwa nicht?*

Das Stück schleppte sich dahin. Und plötzlich hauchte Carola Martin ins Ohr: »Sollen wir raus, ehe der Pausengong ertönt?«

Er hatte zwar keine Ahnung, was sie im Schilde führte, nickte aber erleichtert.

Kurz darauf wurde Martin von einer übermütigen *Lady in Red* in die Damentoilette entführt. Sämtliche Kabinen waren noch frei, wie erwartet …

Carola dirigierte ihn gleich in die erste und sperrte die Tür von innen ab, immerhin. Sie gab ihm einen erneuten Schubs – und Martin saß breitbeinig auf dem geschlossenen Toilettendeckel.

Zielstrebig riss sie den Reißverschluss an seiner Hose auf und holte seinen längst wieder harten Ständer heraus. Sie schob die Vorhaut zurück und strich mit den Fingern über die pralle glühende Eichel. Martins Schwanz zuckte vor Vergnügen und ein großer glitzernder Lusttropfen trat oben aus dem kleinen Schlitz hervor.

»Brav, mein Cowboy!«, schnurrte Carola. »Allzeit bereit. Willst du meine nasse, geile, kleine Pussy spüren?«

»Gleich muss Pause sein, dann kommen sicher jede Menge Damen hier rein!«, stöhnte Martin und verwünschte seine rasende Geilheit. »Lass uns doch bis später warten, Süße. Oder wir fahren gleich zu mir. Ich habe ein breites bequemes Bett, Champagner im Kühlschrank und …«

»Hör zu, Cowboy!«, wies Carola ihn zurecht. »Entweder jetzt oder gar nicht, verstanden? Ich stehe nun mal auf Quickies an ungewöhnlichen Orten und am liebsten in der Öffentlichkeit. Daran gewöhnst du dich besser. Also, was ist nun?«

»Gib mir deine nasse, kleine, geile Pussy! Ich will sie spüren. Jetzt.«

»Bravo, mein Cowboy!«

Sie kicherte und raffte dabei den Rock des roten Kleides und hockte sich dann einfach breitbeinig auf Martins Schoß. Natürlich trug sie wieder keine Unterwäsche. Allzeit bereit, die Zweite …

Carola schlang ihm die Arme um den Hals und küsste ihn lüstern. Ihre nasse Muschi schob sich währenddessen aufreizend langsam von oben über seine pralle Eichel und glitt dann langsam nach unten.

Martin konnte nicht anders, er stöhnte laut auf vor Lust.

Langsam ließ Carola ihr Becken immer weiter auf seinem harten Schaft herabsinken. Immer tiefer drang er dabei in sie ein, ohne dass er auch nur den kleinsten Muskel bewegen musste.

Seine Lust stieg weiter an und sprengte ihm schließlich fast den Schädel, so sehr klopfte der rasende Puls in den Ohren.

Martin spürte deutlich, wie sein Schwanz zuckte, als sich Carolas Schamlippen auf ihm rieben. Dann durchstieß seine Eichel einen festen Ring von Muskeln und drang in Carolas feuchte Enge.

Martin bewegte weiterhin keinen Muskel, nur sein Schwanz wurde härter und härter und pochte wie verrückt, während Carolas feuchte warme Möse ihn regelrecht einsaugte. Bis er schließlich ganz tief in ihr steckte.

Carola hob als Nächstes ihre Hüften an und ließ dabei das Becken stetig kreisen. Immer schneller und schneller bewegte sie sich dazu auf Martins strammem Prügel auf und ab, vor und zurück. Sie stützte sich mit den Händen auf seinen Schultern ab und bestimmte so alleine das Tempo ihres immer wilderen Galopps.

Martin verging buchstäblich Hören und Sehen, er musste sich zusammenreißen, um nicht laut zu schreien, als er plötzlich explodierte und sein Sperma tief in Carolas Pussy abspritzte. Sie kam fast im selben Augenblick. Die starken Kontraktionen ihres Höhepunkts saugten auch noch den letzten Tropfen aus Martins Schwanz heraus.

Es war genau zum richtigen Zeitpunkt vorbei. Gerade ertönte im gesamten Theatergebäude der Pausengong. Und ehe die ersten Damen aus dem Publikum die Toiletten stürmen konnten, ging Martin zur Champagner-Bar draußen im Foyer. Er bestellte zwei Gläser. Und wartete auf Carola, die sich noch frisch machen und ihr Make-up überprüfen wollte. Aber sie kam nicht. Sie kam überhaupt nicht mehr. Es dauerte ein Weilchen, bis er sich das endlich eingestehen konnte.

Irgendwann – der zweite Akt hatte längst angefangen – gab Martin schließlich auf. Er trank noch das zweite Glas und verließ dann das Theater. Auf dem Heimweg fiel ihm ein: Er kannte weder Carolas vollen Namen, noch hatte er eine Telefonnummer oder Adresse von ihr.

Das war's also. Er würde Carola nie wiedersehen!

Als er den Flur seines Wohnhauses betrat, entdeckte Martin in der Eingangshalle am Schwarzen Brett einen Anschlag des Hausmeisters, der für den morgigen Vormittag den Schornsteinfeger ankündigte.

Am nächsten Morgen beschloss Martin spontan, sich zunächst zu seinem einsamen Wochenendfrühstück etwas Gutes zu tun und zum nahen Bäcker zu spurten.

Schwungvoll öffnete er die Haustür und prallte unsanft mit einer anderen Person zusammen. Diese Person trug einen großen Zylinder auf dem Kopf, der beim Zusammenprall herunterfiel.

»Verzeihung!«

Martin riss die Augen auf und erstarrte. Eine schwarze Lockenpracht kam zum Vorschein, die bis auf die Schultern fiel. Die blauen Augen der Schornsteinfegerin blitzten ihn an, ihr hübsches Gesicht war von Rußspuren verziert, was unglaublich sexy aussah.

Die Dame in Schwarz. Lady in Black.

»Sie schon wieder!« Sie wollte wohl empört klingen, aber so ganz gelang ihr das nicht. »Sie haben mich doch gestern fast schon umgerannt.«

»Ich musste Sie eben einfach wiedersehen! Gehen Sie heute Abend mit mir aus, und ich erkläre Ihnen, wieso.«

Sie lachte, dann sagte sie: »Na, wenn das so ist!«

Sie hob die Hand und fuhr Martin einige Male über die Wange. »Ich muss an die Arbeit«, erklärte sie, und schon war sie weg.

Die Kunden beim Bäcker schmunzelten, als Martin sich in die Warteschlange einreihte. Aber niemand sagte etwas.

Wieder daheim, entdeckte er in seinem Spiegel in der Diele das Herz aus Ruß auf seiner Wange. Es umrandete eine Zahlenreihe. Im Handumdrehen entzifferte er die Nummer und notierte sie.

Als gegen Abend schon beim ersten Freizeichen am anderen Ende der Hörer abgehoben wurde, dankte Martin im Stillen seinem Horoskop und dessen vorauseilender Weisheit.

»Hallo, Glücksfee! Ich bin es ...«

»Dachte ich es mir doch!« Sie lachte leise mit dieser aufregend erotischen Stimme. Augenblicklich wurde ihm heiß. Ums Herz herum. Und weiter unten sowieso.

Sommerabend am See

Es war ein Spätsommerabend im August. Immer noch hing die Hitze wie eine bleierne Wolke über der Stadt. Aber hier draußen an dem kleinen See am Rande des Wäldchens ließ es sich aushalten.

Barbara war mit dem Rad aus der Stadt gekommen, sie freute sich auf die Einsamkeit in der freien Natur und ein kühles Bad.

Am liebsten stürzte sie sich splitternackt in den See. Das Wasser bildete beim Schwimmen sinnliche kleine Wirbel auf der Haut. Und zwischen den Oberschenkeln entstanden Mini-Strudel, die an der entblößten Möse leckten. Während des Schwimmens öffneten sich in regelmäßigen Intervallen die äußeren Schamlippen und ließen unzählige winzige Wasserbläschen eindringen. Diese prickelten höchst anregend in der Muschi, perlten aufregend um die Klitoris herum und riefen ein sehnsüchtiges Ziehen und Pochen hervor, das bis tief ins Becken hineinreichte.

Weiter oben am Körper leckten gleichfalls sanft sprudelnde Wasserwirbel an den empfindlichen Brustwarzen. Die Knospen reagierten mit spontanen Lustgefühlen und wurden während des Schwimmens hart.

Barbara genoss stets diese köstlichen Momente im Wasser. Sie war eine gute Schwimmerin, ausdauernd und kraftvoll. Je zügiger sie schwamm, desto schneller öffneten und schlossen sich im Rhythmus der Beingrätschen auch die Schamlippen. Die Wasserstrudel zwischen den Schenkeln fühlten sich größer und vor allem härter an, und sie massierten im Takt der Schwimmzüge die Klitoris. Die Perle sprang jedes Mal hervor, wenn die Muschi sich wieder kurz öffnete. Kecke Wasserbläschen sprudelten dann feucht und kühl am Kitzler entlang und prickelten stark und bereiteten Barbara diese speziellen Lustgefühle zwischen den Beinen, für deren Beschreibung ihr die passenden Worte fehlten.

Himmel, sie spürte bereits jetzt ein heißes, verlangendes Pochen zwischen den Beinen – es musste die Vorfreude sein!

Barbara stand einen Augenblick nur da und ließ die Blicke prüfend über das gegenüberliegende Seeufer und den Waldrand schweifen.

Keine Menschenseele war weit und breit zu sehen, wie so oft hier draußen. Die Menschen zogen das große Freibad in der Stadt mit seinen Liegewiesen und den beiden Bars vor. Wunderbar, genau darauf hatte Barbara gehofft.

Sie ließ das Fahrrad einfach auf dem Gras in Nähe des Seeufers liegen und ging näher ans Wasser heran.

Nochmals blickte sie sich sorgfältig um.

Nichts, nur ein leises Blätterrauschen, Vogelstimmen und Zirpen lagen in der Luft. Sinnliche Sommergeräusche, die Barbara unter die Haut gingen und ein erotisches Summen und Kribbeln im Bauch hervorriefen.

Sie bückte sich schließlich, um die Riemen ihrer geflochtenen Sandalen zu lösen, ehe sie die Schuhe abstreifte. Langsam begann sie einen Knopf nach dem anderen vorn an ihrem luftigen weißen Leinenkleid zu öffnen.

Sie trug heute keine Unterwäsche darunter. Und je weiter das Kleid vorn aufklaffte, desto erregender fuhr die leichte Abendbrise über die nackte warme Haut hinweg.

Barbara schauderte leicht, aber nicht, weil ihr etwa kühl wurde, sondern vor wachsender Erregung. Ihre gesamte Hautoberfläche kribbelte bald vor sinnlicher Anspannung.

Ach, es war so ein herrlicher Abend hier draußen am See, sie wollte – allein mit sich – jede Sekunde davon auskosten. Es war einfach wunderbar, sich in der sommerlichen Wärme auszuziehen und die laue Luft ungebremst auf der nackten Haut zu spüren. Es fühlte sich fast an wie die Liebkosungen eines zärtlichen Liebhabers, der seine Hände an jede noch so intime Stelle wandern ließ.

Barbara liebte vor allem das wunderbar kribbelnde Gefühl tief im Bauch, wenn ihr Körper stufenweise immer erregter wurde. Die Nippel zogen sich dann spürbar zusammen und wurden ganz steif und dunkel. In der Muschi juckte und kribbelte es, und gleichzeitig wurde alles ganz weich und offen, dort zwischen ihren Beinen.

Ach, es tat so verdammt gut, wieder einmal einen Abend ganz für sich allein zu haben, ohne lästige Pflichten …

Holger, Architekt und seit zwölf Jahren Barbaras Ehemann, war auf einem Geschäftsessen. Später würde er mit dem einflussreichen, wichtigen Bauherrn wohl wieder in diesen teuren Nachtclub im Industriegebiet am nördlichen Stadtrand fahren.

Das Etablissement war eigentlich ein Bordell, in dem hübsche Russinnen spendable honorige Männer mit saftigen Liebesdiensten verwöhnten, die diese zu Hause wohl nicht bekamen.

Barbara wusste das alles, und es amüsierte sie insgeheim, dass ihr Gatte glaubte, sie hätte keine Ahnung von seinen Ausflügen und überhaupt diesen *geschäftlichen* Dingen.

Sollte der gute Holger ruhig wieder einmal seinen Spaß haben. Sie würde heute Abend jedenfalls auch auf ihre Kosten kommen, hier draußen am See …

Barbara kicherte leise und stellte sich eine kurze Sekunde lang auf die Zehenspitzen. Das endlich aufgeknöpfte weiße Trägerkleid fiel zu Boden. Dann reckte und streckte sie sich genüsslich und hob die Arme hoch über den Kopf, ehe sie sie weit ausbreitete und sich einige Male im Kreis drehte.

Die warme säuselnde Abendluft strich dabei schneller und kräftiger über ihre nackten Brüste hinweg, und Barbara erschauerte vor Wonne. Das Ziehen im Becken und in der Muschi vertiefte sich.

Der Sommerwind spielte dazu ganz in ihrer Nähe hörbar mit den Blättern der Bäume, sie begannen lauter zu rauschen. Anscheinend hatte die abendliche Brise aufgefrischt.

Barbara sog den würzigen Geruch des nahen Wäldchens tief in ihre Lungen ein.

Und dann stieg ihr plötzlich dieser andere Duft in die Nase. Er war ebenfalls würzig, aber nun roch es eher nach … hm, seltsam! War das etwa Tabak?

Ja, tatsächlich! Es roch auf einmal nach Pfeifentabak! Auch wenn das hier draußen in der Einsamkeit eigentlich nicht möglich schien.

Vielleicht lagen irgendwo die schwelenden Überreste eines nächtlichen Grillfeuers herum?

Ja, eine noch glimmende Grillstelle, das musste es sein. Wer um Himmels willen sollte hier draußen am See auch ausgerechnet Pfeife rauchen. Wo es doch sowieso kaum mehr freilaufende Pfeifenraucher gab, nicht einmal in der Stadt. Pfeifenraucher waren eine aussterbende Unterart der Spezies Mann … Ach, wie auch immer, der würzige Duft gefiel Barbara sehr!

Dieses starke Aroma, nach Tabak und irgendwie auch nach Mann … Mhmm … Es roch verdammt sexy hier draußen am See.

Verzückt schloss Barbara einen Moment lang die Augen, während sie tief durchatmete.

Sie spürte erneut ein sehnsüchtiges Kribbeln zwischen den Beinen, das jetzt zunehmend stärker und drängender wurde. Es ließ sich nicht mehr ignorieren. Es war die pure Lust auf Sex!

Unwillkürlich spannte Barbara die Muskeln des Beckenbodens an und kniff die Schenkel fest zusammen. Jetzt fühlte sich ihre Erregung sogar noch prickelnder an.

Barbara lockerte und entspannte die Muskeln wieder. Und spannte erneut alles an und ließ wieder locker.

Die Wiederholung dieses neckischen Spielchens ergab sich wie von selbst, der Körper übernahm die Regie und den lustvollen Takt … Barbaras Atem ging unterdessen in ein lüsternes Hecheln über.

In ihrem Kopf erschien dazu plötzlich das Phantasiebild eines attraktiven Mannes mit breiten Schultern und kräftigen Schenkeln in den kurzen Hosen. Zwischen seinen Beinen zeichnete sich eine vielversprechende Ausbuchtung ab.

Er hatte schöne Augen mit langen Wimpern, ein leicht spöttisches und dennoch charmantes Lächeln im Gesicht, und er rauchte … Pfeife.

Barbara musste an der Stelle leise glucksend lachen.

Auf was für freche sexy Gedanken sie da plötzlich kam, bloß weil eine besonders würziger Duft in der Luft lag und in ihrem Gehirn irgendwelche Hormone in Bewegung brachte …

Verdammt, ich hätte schon mal wieder Lust auf so richtig heißen und wilden und zügellosen Sex! Heimlichen Sex, schoss es ihr durch den Kopf.

Außerehelichen Sex!

Im Internet soll es ja Seitensprung-Agenturen geben …

Gertie hatte es neulich einmal versucht und sich eingeloggt. Es ging sehr diskret zu, erzählte sie hinterher. Und man konnte sogar ausgefallene Sonderwünsche äußern! Was das Aussehen des Partners und auch wesentlich intimere Dinge anbetraf. Spezielle erotische Praktiken etwa: Fesselspielchen. Oder auch heißen heimlichen Sex mit einem Fremden im Dunklen.

Barbara seufzte unwillkürlich sehnsüchtig auf und hielt die Nase in die Sommerbrise. Sie atmete tief durch. Ha, tatsächlich! Da war er wieder, dieser würzige, sinnliche, höchst erregende Duft in der Luft!

Also mein Seitensprung-Partner müsste bloß Pfeife rauchen und damit verdammt sexy aussehen und diesen würzigen Tabakduft auch noch um sich her verbreiten, wenn wir es wild und total hemmungslos miteinander treiben!, dachte sie.

Barbara spürte, wie ihre Erregung sich allmählich steigerte, während sie sich ausmalte, wie es wäre, wenn … Vielleicht so ähnlich wie im Roman mit der berühmten Lady Chatterley? Die traf ihren heißblütigen Lover, den Wildhüter, doch auch immer in einer romantischen Blockhütte mitten im Wald …

Genau so begehrt und schließlich leidenschaftlich erobert werden, das will ich auch wieder einmal erleben!, sagte sie sich.

Barbara fiel auf, wie erhitzt ihr Körper plötzlich von

all den heißen Gedanken war. Sie hatte zu schwitzen begonnen. Nun war es wirklich höchste Zeit für eine kleine erfrischende Abkühlung.

Sie lief zum Ufer hinunter und ließ sich rasch ins Wasser gleiten. Der Untergrund unter ihren bloßen Füßen fühlte sich schlammig und weich an und drang sofort zwischen die Zehen.

Schlingpflanzen, die es hier in Ufernähe reichlich unter Wasser gab, griffen mit ihren langen weichen Tentakeln nach Barbaras Körper, umschmeichelten ihn zärtlich und berührten ihre ohnehin schon prickelnde Haut.

Was für ein sinnliches Gefühl das war, diese Schlingpflanzenarme auf dem nackten Körper zu spüren!

Sie schlängelten sich um Barbara, aber sie entkam ihnen mit den ersten Schwimmzügen. Und bedauerte es fast, denn es hatte sich wirklich gut angefühlt!

Wenn sie nur härter wären, diese Pflanzen, und dicker – und mir zielstrebig mit den langen Tentakelfingern zwischen die Schenkel greifen könnten …, überlegte sie.

Barbara schwamm mit kräftigen Zügen weiter auf den See hinaus. Das Wasser kühlte ihre erhitzte Haut ab, und das fühlte sich richtig gut an. Dazu die vielen winzigen Wasserbläschen und jetzt auch noch die ersehnten prickelnden Wirbel und Strudel …

In Barbaras Becken zog es bereits wieder so lustvoll wie verräterisch. Sie merkte, wie sie allmählich richtig in Fahrt kam.

Sie schwamm mit immer kräftigeren und schnelleren Zügen weiter. Ihre Möse öffnete sich mit jeder neuen Beinschere und schloss sich wieder und öffnete sich erneut.

Auch die längst geschwollene Perle reagierte wie üblich, sie richtete sich keck auf, wurde härter und pulsierte heftiger.

Mhmm … Oh, ja! Das fühlte sich so gut an!

Oh, verdammt! Nur nicht zu schnell kommen! Dieses herrliche Gefühl noch viel länger auskosten …, dachte sie.

Barbara paddelte ein Weilchen nur noch mit den Füßen und ließ sich auf dem Wasser treiben. Ihre Hände gingen derweil auf Wanderschaft und landeten schnell unten zwischen den Schenkeln.

Während sie weiter im See trieb, fasste sie sich genüsslich an. Barbaras schlanke Finger widmeten sich zunächst der Klitoris, die unter der liebevollen Zuwendung sogar noch stärker anschwoll und dabei hart wurde wie ein kleiner Penis.

In der Möse wurde das eben noch sanfte Klopfen zunehmend drängender. Die Lust baute sich in Wellen auf und ab, im selben Rhythmus wie das Wasser, das sie umfloss.

Schmutzige kleine Dinge kamen ihr in den Sinn und brachten die Bilder in ihrem Kopfkino endgültig zum Laufen.

Der Mann mit den grünen Augen und der Pfeife stieg in dem Film gerade aus seinen Boxershorts. Sein Schwanz war wunderschön, lang und dick. Und bereits voll erigiert.

Barbara fühlte bei dem Anblick einen heißen Stromstoß durch ihr Becken jagen. Sie malte sich aus, wie der Mann sich jetzt gleich am Ufer ins Wasser warf und zu ihr herüberschwamm. Gleich würde er sie erreicht haben, sie würden sich leidenschaftlich küssen. Dann würde sie unter Wasser nach seinem harten Schaft greifen und sich ihn genüsslich zwischen die Schenkel stecken.

Barbara spürte, wie sich jetzt sämtliche Muskeln tief

in ihrem Unterleib zusammenzogen. Und in der erregt pulsierenden Muschi setzten heftige Vibrationen ein.

Sie wusste, sie brauchte jetzt nur noch einmal ganz sanft mit den Fingern über die Kuppe ihrer Klitoris zu streichen – und drinnen in der Vagina würde es eine Explosion geben.

Da sie aber immer noch nicht kommen wollte, nahm sie rasch die Hände dort unten weg und machte lieber wieder Schwimmzüge.

Meistens beruhigte sich die aufgeregte Muschi dann noch einmal und gab Ruhe, wenigstens für ein Weilchen.

Oh, gut! Es half ein bisschen, auch wenn die Lust nicht nachließ, sondern nur gerade so viel abflaute, dass keine unmittelbare Explosion zu befürchten war …

Dieses Entlangbalancieren auf der Schneide der Lust, das war einfach köstlich, im Grunde viel erregender als der Höhepunkt selbst.

So nahm Barbara das zärtliche Spiel mit den Fingern wieder auf und brachte sich erneut bis an den Rand des Höhepunktes. Dann unterbrach sie das Spiel und schwamm weiter auf den See hinaus.

Wow! Jetzt hatte sie den genau richtigen Rhythmus gefunden: Barbaras Erregung balancierte haarscharf auf diesem gefährlich schmalen Grat entlang, immer ganz kurz vor dem Orgasmus – und hielt so die sinnliche Anspannung aufrecht, zögerte ihn so weiter hinaus.

Barbara schnurrte vor Lust, sie hörte es selbst … Mhm, und später, wenn sie triefend aus dem See stieg, dann würde ihre Haut schimmern wie flüssige Seide, fast schöner als nach richtigem Sex mit einem Mann. Später …

Sie freute sich auf diesen Moment, wenn sie aus dem Wasser auftauchte wie eine Göttin aus den himmlischen Fluten. Wenn der Abendwind die Haut trocknete, fühlte

Barbara sich stets so jung und schön und gertenschlank wie damals mit zwanzig. Und der Abendwind würde erneut die Lust auf heißen Sex *wach lecken*.

Zunächst jedoch trieb Barbara gerne noch eine Weile gemächlich auf dem See dahin und streichelte und rieb sich immer wieder sanft die Möse und den Kitzler. Sie hatte heute Abend Zeit, und das war schön. Holger würde es nicht einmal merken, wenn sie gar nicht nach Hause käme. Er würde bei seiner Rückkehr aus dem Nightclub denken, sie schliefe längst in ihrem Zimmer.

Diese Nacht gehörte ihr!

Als Barbara auf der Mitte des kleinen Sees war, drehte sie sich in die bequeme Rückenlage. Tief in ihrer Muschi pulsierte es heftig, die Lust machte sich nun selbständig.

Sie wusste aus Erfahrung, dass sie den Höhepunkt nicht mehr länger würde hinauszögern können. Ihr Körper lechzte zu sehr nach der Erlösung. Wie schade! Sie hätte zu gerne diese köstlichen Momente allein im See noch ein wenig länger ausgekostet. Der Sommer ging doch bereits in seine letzte Runde. Oft würde sie das Vergnügen nicht mehr haben.

Barbara schloss die Augen. Ihre Hände wanderten zwischen ihre weit geöffneten Schenkel, die in der flachen Rückenlage kaum vom Wasser bedeckt wurden.

Leise gluckernd leckten sanfte lang gezogene Wellen über ihre Muschi und die stark geschwollenen Schamlippen hinweg. Das Wasser fühlte sich so herrlich kühl an, auf und in der brennenden Scham. Und diese kühle Nässe an ihrer intimsten Stelle erregte Barbara jetzt noch einmal zusätzlich.

Eigentlich brauchte sie momentan ihre Finger gar nicht

mehr zu Hilfe zu nehmen ... Das Bild des Mannes mit den grünen Augen und dem harten Schwanz zwischen den Schenkeln genügte ... Nur ein bisschen zärtlich herumspielen zwischen den Schenkeln wollte sie noch ...

Barbara trieb flach und bewegungslos im Wasser. Ihre harten Nippel reagierten mittlerweile auf jedes noch so leise Schwappen der Wellen, und alles zusammen erweckte plötzlich eine rasende Lust.

In ihrer Phantasie drängte sich soeben der muskulöse nackte Körper des Mannes zwischen Barbaras Schenkel.

Der Lover legte sich ihre langen schlanken Beine auf die breiten Schultern, ehe er sich vorbeugte und sichtlich erregt auf ihre weit geöffnete Möse starrte.

»Ich kann sehen, wie sehr du mich begehrst!«, flüsterte er. »Ist es so? Sag es mir!«, fügte er dann hinzu.

»Ich kann es kaum erwarten, deinen Schwanz zu spüren. Gib ihn mir jetzt!«

»Aber ich will dich erst noch schmecken und lecken!«, widersprach der Mann mit vor Lust bebender Stimme. Er warf einen Blick auf seinen erigierten Schwanz, wie er da zwischen seinen Schenkeln aufragte und zuckte.

»Siehst du, wie wild er darauf ist, sich in dich zu versenken? Ich bin mindestens so ungeduldig wie du, aber ich beherrsche mich. Weil ich weiß, dass es den sexuellen Genuss verlängert, wenn man seinem Verlangen und seiner Gier nicht auf der Stelle nachgibt.«

Tatsächlich schimmerte die Eichel des erigierten Gliedes purpurrot vor Erregung, und es waren auch schon erste Lusttropfen zu sehen.

Barbara konnte hinter ihren geschlossenen Augenlidern alle Einzelheiten deutlich erkennen. Der Anblick des großen kerzengeraden Schwanzes raubte ihr fast die Sinne.

»Fick mich!«, forderte sie ungeduldig.

Aber ihr Held hatte vorher noch etwas anderes im Sinn. Er spreizte mit einer Hand Barbaras geschwollene Schamlippen. Der Kitzler sprang sofort aus der Mitte hervor. Und der Mann blies seinen heißen feuchten Atem darüber hinweg.

Barbara stöhnte laut vor Lust, während sie weiter im Wasser trieb.

»Du machst mich verrückt, Liebster! Ich flehe dich an, erlöse mich und gib ihn mir endlich!«

»Erst will ich dich noch schmecken!«

Erneut blies er seinen heißen Atem in ihre weit aufklaffende Möse.

Barbara wimmerte und stieß ihr Becken aus dem Wasser heraus und nach oben.

Der Mann nutzte diese Gelegenheit: Mit seiner großen langen Zunge strich er fest und besitzergreifend über die klaffende Spalte.

Barbara schrie gellend laut ihre Lust heraus, und sie erklomm mitten im See treibend in mehreren lang gezogenen Wellen den Gipfel Lust. In ihrem Becken zog sich rhythmisch alles zusammen, ihre Nippel waren so hart und groß, als wollten sie jeden Moment platzen. Die Kontraktionen in Barbaras Schoß und Becken wollten nicht enden. Dieser Höhepunkt war besonders lang und intensiv. Es folgten sogar noch einige kleinere Nachbeben. Als es schließlich doch vorüber war, zitterte Barbara am ganzen Körper.

»Himmel, ich hab es wohl wirklich dringend mal wieder nötig gehabt!«, murmelte sie, ehe sie sich in die Brustlage brachte und erschöpft zu schwimmen begann.

Als sie fast das andere Ufer erreicht hatte, drehte sich nochmals auf den Rücken und ließ sich einfach treiben.

Die Strömung würde sie zurücktragen zu ihrem Rad und ins reale Leben.

Barbara dachte wieder an Gertie und ihr Gespräch neulich über die Seitensprung-Agenturen.

Ja, ein Liebhaber aus Fleisch und Blut, für Sommerabende wie diesen am See, das wäre was! Aber die Dienste einer Seitensprung-Agentur in Anspruch nehmen und dafür auch noch zahlen? Nein, das ist wohl eher nicht so mein Ding. Lieber lasse ich mich finden und erobern von einem, der mich ansieht und dabei denkt: Wow! Und den ich ebenso ansehe und dabei denke: Wow! Der ist es, der oder keiner …

»Guten Abend!«, erklang eine tiefe männliche Stimme irgendwo hinter ihr und riss Barbara damit abrupt aus ihren Gedanken.

Jetzt hing auch noch ein starker und tatsächlich unverwechselbarer Tabakgeruch in der Luft, und das erschreckte Barbara neben der männlichen Stimme in ihrem Rücken eigentlich am meisten.

Und dann war sie auch schon gestrandet, mit dem nackten Po zuerst.

Sie kam schnell wieder auf die Füße und spürte sofort den weichen Uferschlamm zwischen den Zehen hervorquellen. Einige der Schlingpflanzen berührten auch wieder ihre nackte Haut und weckten neue sinnliche Gefühle.

Hilfe, ich bin ja unersättlich! Und ich träume immer noch – oder ist dieser Mann hier tatsächlich real?, fragte sie sich.

Barbara wurde sich als Nächstes bewusst, wie sehr ihr nackter Körper immer noch von dem Höhepunkt eben im Wasser nachglühte. Sie spürte deutlich die abperlenden

Wassertropfen auf ihren Brüsten und besonders auf den großen Nippeln. Die wurden auch schon wieder hart.

Vielleicht sollte sie jetzt einfach sekundenlang in eine Art Schockstarre verfallen? Möglicherweise löste sich der ganze Spuk dann einfach in Luft auf, denn nur um einen solchen konnte es sich schließlich handeln.

Dies hier konnte doch gar nicht real sein. Sie stand splitternackt vor einem attraktiven fremden Mann und war überdies wahnsinnig erregt, was man ihren aufgerichteten Knospen unschwer ansah. Sie konnte nur hoffen, er würde es wiederum auf das kalte Wasser schieben.

Meine Güte, was sollte sie nur tun?

Davonlaufen?

Die Augen schließen wie als kleines Mädchen und hoffen, er würde sie nicht sehen, wenn sie ihn nicht sah?

Unversehens musste sie kichern, die Situation war irgendwie erregend und unwirklich zugleich, dagegen kam man nur mit einer guten Portion Humor an …

Da stand sie also nun triefend und splitternackt, mit wirren nassen langen Haaren vor diesem braungebrannten Mann.

Der Fremde saß leibhaftig am Ufer … eine Angelrute neben sich und – eine Pfeife im Mund.

Sie spürte, wie ihr Puls unwillkürlich zu rasen begann unter seinem offenen Blick, der sie voller Wärme taxierte und zugleich das heftige Begehren deutlich spiegelte, das ihn offenbar bei ihrem nackten Anblick erfasst hatte.

Sie fühlte sich durchaus geschmeichelt, weil seine Blicke sie so ungeniert von oben bis unten streichelten und bewunderten. Also lächelte sie ihn freundlich an.

Aber in diesem Moment wurde ihr bewusst, dass dies hier ein völlig Fremder war. Wer konnte da wissen, was er im Sinn hatte.

Hastig versuchte sie, ihre dichten, langen Haare nach vorne zu schütteln und wenigstens damit die harten Nippel zu bedecken ...

»Was machst du denn da, Babsi?« Die Stimme des Mannes klang heiter. »Lass das, du bist wunderschön, und ich will dich weiterhin ansehen können. Alles an dir! Ich kenne dich immerhin nackt, schon vergessen? Und du bist immer noch so bezaubernd wie früher! Du brauchst dich vor mir nicht zu verstecken.«

»Rolf, bist du das wirklich?«, hörte sie sich im nächsten Augenblick fragen.

Natürlich war er es!

Das war ihr schon klar gewesen, noch ehe die Frage ganz heraus war.

Sie erkannte seine Stimme eindeutig wieder. Und jetzt auch sein Gesicht, selbst wenn seit damals mehr als zwanzig Jahre vergangen waren. Seit jenem Sommer.

Es hieß ja auch immer, den ersten Mann und das erste Mal würde eine Frau nie vergessen, dachte sie. *Und wie könnte ich also Rolf Schurian je vergessen? Das Erlebte verdrängen, ja, das geht vermutlich ganz leicht, wenn man es nur will. Aber vergessen? Nie! Nie im Leben.*

»Komm her, meine schöne Babsi, gib mir die Hand, ich helfe dir!«

Schon stand er im Wasser und streckte die Hand nach ihr aus.

»Du siehst aus wie eine Göttin, die den Meeresfluten entsteigt, weißt du das? Mein Gott, Babsi, du müsstest dich sehen!«

Er lächelte verschmitzt, aber er meinte es durchaus ernst, das wurde ihr klar, als sie ihm jetzt direkt in die Augen sah. Sie waren grau, von einem wunderschönen sanften Grau, mit vielen kleinen goldenen Sprenkeln darin.

Barbara konnte nun auch die unzähligen feinen Lach-
fältchen um seine Augen herum erkennen, die ihn so sympathisch erscheinen ließen.

Als Nächstes fielen ihr seine dunklen großen Pupillen
auf, in denen sich ihr eigenes seltsam verzückt wirkendes
Gesicht spiegelte.

Die Pfeife hing ihm locker im Mundwinkel. Kleine
weiße Rauchwölkchen stiegen daraus auf.

Und dieser würzige Tabakduft!

*Wie lange trieb er sich wohl schon hier draußen am See
herum?*, fragte sie sich. *Hat er mich etwa die ganze Zeit
über beobachtet?*

»Seit wann rauchst du denn? Und dann noch ausgerechnet Pfeife?«

Sie griff endlich nach seiner Hand, und er zog sie aus
dem Wasser und mit sich weiter hoch ans Ufer.

»Als Landschaftsfotograf reist man oft in unwirtlichen
Gegenden umher. Und Pfeiferauchen vertreibt die Einsamkeit, die Mücken und das Heimweh. Und es ersetzt
einem das Meditieren.« Er grinste vielsagend und sah ihr
dabei wieder viel zu tief in die Augen. »Und ich möchte
wetten, du hast auch heute kein Handtuch dabei, Babsi,
stimmt's?«

Er hielt ihren Blick fest, und Barbara erkannte nun
endgültig alles an ihm wieder.

Das Begehren und die Zärtlichkeit in seinen Augen,
mit denen er sie ansah. Aber auch seinen enorm starken
Willen und seine ungeheure Durchsetzungskraft.

Gleichzeitig spürte sie das eigene heftige Begehren, die
einsetzende Angst – wie damals – vor dem viel zu starken
Gefühl … Und vor allem diese inneren Zweifel, die in ihr
tobten. Heute wie damals.

Sie hob stumm die Schultern und ließ sie gleich wieder sinken. Sie hatte tatsächlich kein Handtuch dabei, da sie ihren nassen nackten Körper ja immer im warmen Abendwind trocknen ließ, ehe sie ihr Kleid überstreifte und aufs Rad sprang.

Rolf würde es vielleicht nicht verstehen, wenn sie ihm zu erklären versuchte, wie sinnlich sie das Ganze fand.

Dieses Gefühl, wenn der sanfte Sommerwind ihre Haut streichelte und darüber hinwegleckte, bis sie trocken war. Also schwieg sie lieber.

Er lachte in diesem Moment leise und nickte dann wissend. Schon bückte er sich nach dem Rucksack, der neben der Angel am Boden lag, und holte ein großes Badelaken heraus. Er hielt es Barbara hin, aber weil sie zögerte, begann er sie sorgfältig abzutrocknen. Mit einer Selbstverständlichkeit, als täte er dies jeden Tag, seit zwanzig Jahren.

Sie spürte, wie die leicht angeraute Oberfläche des Baumwollstoffes ihre Brüste berührte. Gleichzeitig konnte sie Rolfs warme große Hände durch das Handtuch hindurch fühlen. Das Ganze war unbeschreiblich sinnlich und löste einen wahren Sturzbach der Gefühle und Erinnerungen in ihr aus. Und in ihm wohl auch – sofern sie Rolfs Gesichtsausdruck richtig deutete.

Barbaras Nippel zogen sich so stark zusammen, dass es schon beinahe schmerzte. Gleichzeitig jagte ein Lustblitz durch ihren ganzen Körper bis hinunter in die Zehenspitzen.

Rolf lächelte, als er die Härte ihrer Nippel sogar durch das Badelaken hindurch spürte. Leise murmelte er, immer noch die Pfeife im Mundwinkel: »Hübsch, sehr hübsch! Ich erinnere mich auch daran noch gut. Deine Rosenknospen haben immer so schnell reagiert, dabei warst du doch ... waren wir beide noch so jung damals. Ich brauchte bloß leicht mit der Handfläche darüber hinwegzustreichen ... Babsi, weißt du es noch?«

Babsi! Er nannte sie auch wieder, wie damals, zärtlich Babsi. Ihr fiel es jetzt erst auf, und das berührte sie.

Das hatte sonst, auch damals, niemand so leicht gedurft; sie Babsi zu nennen! Niemand außer diesem attraktiven Jungen aus der Parallelklasse!

Auch in jener Nacht damals hatte er sie zärtlich Babsi genannt. Hier draußen am See war es gewesen. Kurz bevor sie zum ersten Mal miteinander geschlafen und sie ihren ersten Orgasmus erlebt hatte.

Die Erinnerung überfiel sie jetzt mit voller Wucht und versetzte Barbara zurück in die Vergangenheit ...

Rolf war langsam und vorsichtig vorgegangen in dieser ersten Liebesnacht ihres Lebens.

Sie war sehr erregt gewesen und deswegen feucht genug, um ihm das Eindringen in ihre noch unberührte Enge zu erleichtern.

Rolf hatte sich zudem in jener Nacht reichlich Zeit gelassen, so konnte sich Barbara allmählich an seine Größe und Härte gewöhnen. Und an das heftige Pochen und Pulsieren seines Schwanzes tief in ihr, das sie deutlich spürte. Sie fand es süß. Sie fühlte sich damals unendlich begehrt, und genau das war es, wonach sie sich auch heute immer noch sehnte.

Irgendwann in jener Nacht war Barbara urplötzlich in Rolfs Armen gekommen. Sie erlebte ihren ersten tiefen Orgasmus. Gleich beim ersten Mal, in den Armen desselben Mannes, der heute und jetzt vor ihr kniete und sie mit seinem Badelaken trocken rieb. Weil sie wie immer keins dabeihatte. Schon damals hatte sie sich, falls nötig, einfach seins ausgeliehen. Er hatte sie gerade eben noch daran erinnern müssen, aber jetzt war alles wieder da.

In welcher geheimen versteckten Zwischenablage ihres Unterbewusstseins hatte dies alles bloß solange gesteckt?

»Diese Grillparty damals kurz nach dem Abitur …«, sagte Rolf gerade leise und widmete sich mit dem Handtuch ihrem Bauchnabel. In den er in jener Nacht einige Male seine Zungenspitze gesteckt hatte … auch das fiel ihr jetzt wieder ein und jagte einen weiteren kleinen Lustschauer durch ihren Körper.

»Ja, es war hier am See! Irgendwo dort drüben haben wir kampiert und gefeiert.« Barbara räusperte den Frosch aus ihrer Kehle weg. Sie streckte den rechten Arm aus und deutete zum Wäldchen hinüber.

Rolf nickte, ohne jedoch den Blick von ihrem Bauchnabel zu lösen. Er hatte sich die Stelle genau gemerkt, er musste nicht hinsehen.

»Hm, sexy wie eh und je«, murmelte er leise.

»Frechdachs!«, sagte sie und lachte.

»Ich hatte nur eine schmale Ein-Mann-Luftmatratze dabei und dich trotzdem später eingeladen, noch auf ein Bier dazubleiben, als die anderen aufgebrochen sind. Sie wollten noch in eine Disco, ich aber wollte dich.«

Sein freimütiges Geständnis haute sie um. Augenblicklich spürte sie wieder seinen ersten heißen Kuss auf ihren feuchten Lippen brennen. Und wie seine Zunge sich frech hineinstibitzte in ihren Mund. Wie sie diesen ersten Kuss mit ihrer Zunge erwiderte. Wie der feuchte und lange Kuss sie immer mehr erregte. So sehr erregte, dass Barbara sich schließlich ganz eng an Rolfs Körper schmiegte.

»Dabei hast du später in jener Nacht behauptet, du

hättest es gar nicht darauf angelegt gehabt, gleich mit mir zu schlafen«, erinnerte sie ihn.

»Das stimmt. Ich wollte dich eigentlich nur küssen. Vielleicht auch deine hübschen Brüste anfassen und sie mir ansehen. Ich hatte auch gehofft, deine festen Knospen lecken und zärtlich zwischen die Zähne nehmen zu dürfen. Mehr wollte ich wirklich nicht, mehr traute ich mir noch gar nicht zu damals. Ich dachte, du würdest mir sowieso ein großes rotes Stoppschild zeigen.«

Rolf lächelte verschmitzt, während sich seine Hände unter dem Badelaken Barbaras Schamhügel näherten. Sie hielt einen Moment lang den Atem an.

Was soll ich tun? Ihn stoppen, aufhalten? Oder ihn lieber verführen, so wie damals?, schoss es ihr durch den Kopf.

»Warst du denn nicht neugierig? Wolltest du nicht wissen, wie weit du gehen kannst bei der Babsi mit den hübschen Titten?«

Barbara gab sich jetzt absichtlich schnodderig, um ihre neu erwachte Nervosität zu kaschieren.

»Aber klar war ich das! Ich wollte auf alle Fälle deine – wie du sie nennst – hübschen Titten sehen und anfassen. Ich hatte damals fast jede Nacht feuchte Träume wegen deiner festen Äpfelchen. Du hast auch in der Schule gerne deine Reize ausgespielt, hast nie einen BH und im Sommer obendrein gerne diese dünnen Kleidchen und T-Shirts auf der nackten Haut getragen. Wenn du auf dem Pausenhof gefroren hast, dann konnte ich deine Nippel beobachten, wie sie aufreizend durch die Stoffschichten stachen.«

»Späte Geständnisse«, sagte sie und seufzte unterdrückt, als das Handtuch zwischen ihre Schenkel fuhr. Rolfs Handrücken streifte dabei ihre nackte feuchte Haut. Beide waren wie elektrisiert.

»Da kannst du sehen, wie du mich immer noch erregst, Babsi«, flüsterte Rolf.

»Mhm«, machte sie.

»Damals war ich ja auch überhaupt nicht vorbereitet und hatte keine Kondome dabei.«

»Ich erinnere mich daran. Ich sagte, ich hätte auch keine, aber meine Periode sei gerade erst vorbei, also könne ich nicht gleich schwanger werden.«

Jetzt lachte er und trocknete die Innenseiten ihrer Oberschenkel ab. Dabei streifte sein Handrücken ihre Schamlippen. Barbara zuckte zusammen, weil die Berührung so intensiv war und ihr ein Pochen weiter drinnen entlockte.

»Richtig, das hast du gesagt und damit den Ausschlag gegeben. Anschließend hast du mich regelrecht verführt. Nur mit dem Küssen habe ich zuerst angefangen, fast alles andere passierte auf deine Initiative hin. Du hast mich angefasst, Babsi, wie eine erfahrene Frau. Ich dachte damals, du wüsstest genau, was du da machst. Und dann waren wir plötzlich an einem Punkt angelangt, an dem es keine Umkehr mehr gab.«

»Wir wollten es eben beide in jener Nacht. Vermutlich war uns das tief drinnen durchaus klar. Aber auf der anderen Seite waren wir eben schüchtern und vor allem unerfahren, wir konnten es uns nicht eingestehen.«

»Bei mir ist jedenfalls in dem Moment der Damm gebrochen, als ich den warmen Druck deiner nackten Brüste vorn auf meiner Brust spürte. Und dann das langsame und bedächtige Kreisen deiner süßen Hüften, die sich gegen meinen Unterleib drückten. Dieses zärtliche Kreisen haute mich einfach um und machte mich total geil und verrückt.«

Rolf warf das Badelaken jetzt einfach auf den Boden

und schob Barbara die Hand zwischen die Schenkel. Dabei blickte er ihr direkt in die Augen, die sich gerade vor lauter Lust verschleierten.

»In meinen Jeans wurde es mir damals zunehmend viel zu eng. Mein Schwanz bäumte sich auf, wurde steinhart und drängte sich von innen gegen den Reißverschluss. Das war nicht angenehm, fast schmerzhaft. Und ich sagte mir, ich müsse die verdammte Hose schnellstens loswerden …«

»›Wir sollten aufhören, Babsi!‹«, hast du gesagt, daran erinnere ich mich ganz genau. Und dann hast du noch hinzugefügt: ›Es ist gefährlich, was wir hier machen.‹ Aber ich flüsterte zurück: ›Ist es nicht!‹, und habe derweil mit einer Hand ganz vorsichtig die harte Beule vorn in deiner Hose massiert.«

Rolf seufzte jetzt, weil ihn die Erinnerung daran erregte …

»Ich ahnte wohl in diesem Augenblick, dass ich in wenigen Minuten zum ersten Mal richtigen Sex haben würde. Mit einem richtigen Mädchen. Mit einer schönen jungen Sexgöttin!«

Barbara kicherte geschmeichelt, ehe sie sagte: »Das hast du damals doch nicht wirklich gedacht, oder?«

»Und ob ich das gedacht habe. Und ich denke es auch heute wieder …«, seine Stimme brach ab.

Sie sahen sich in die Augen, und wieder war es wie damals. Barbara wollte Rolf, und er wollte sie. Es hatte sich nichts geändert in der Hinsicht, trotz der langen Zeitspanne, die zwischen dem Gestern und dem Heute lag.

Rolf spreizte mit einer Hand ihre Schamlippen und fuhr mit den Fingern der anderen Hand durch Barbaras

Ritze. Sie warf den Kopf in den Nacken und stöhnte ungeniert auf.

»Babsi!«, stöhnte er ebenfalls. Er zog die Hand aus der feuchten Spalte, senkte den Kopf auf ihre Scham und ließ seine Zunge hineingleiten.

Barbara schloss die Augen und gab sich dem Gefühl hin, Rolfs Zunge nach so langer Zeit wieder zu spüren. Dabei spulte sich weiter der Film der Erinnerung an jene Nacht damals hinter ihren geschlossenen Lidern ab. Gegenwart und Vergangenheit begannen zu verschmelzen in einer einzigen Welle der Lust.

In Barbaras Becken kündigte sich bereits ein Höhepunkt an, aber sie wollte das hier noch länger auskosten …

Zwischen zwei lustvollen Seufzern krallte sie ihre Hände in Rolfs dichten Haarschopf und schob seinen Kopf zurück, dann stieß sie hervor: »Deine schmale Luftmatratze damals war viel zu klein für uns beide. Ich wollte deshalb zu dieser Hütte auf der Lichtung im Wald gehen. Aber du hast gemeint, dass sie sicher verschlossen wäre und du sie nicht aufbrechen wolltest.«

»Ich war nicht so mutig wie du, Babsi! Außerdem schob ich gerade meine Hand von oben in dein winziges Höschen und weiter hinunter. Als du zu reden anfingst, hatte ich gerade deine zarte kleine Muschi ertastet. Meine Güte, Babsi! Die erste echte Muschi meines Lebens! Die Berührung war eine sinnliche Sensation für mich, sie jagte einen richtigen Stromstoß hinunter in meine Hoden, die sich sofort zusammenzogen. Da konnte ich doch nicht einfach wieder aufhören, mich anziehen und mit dir zu der Hütte im Wald gehen!«

Er ließ jetzt erneut einen Finger zärtlich zwischen ihre Schamlippen gleiten und fuhr damit in der nassen Ritze vorsichtig und langsam auf und ab.

Barbaras Hände krallten sich vor Lust stärker in seine Haare, sie bemerkte es nicht, bis er »autsch« murmelte, und da ließ sie ihn erschrocken los.

Sie spürte, wie der Puls laut in ihren Ohren hämmerte und ihr Mund trocken wurde. Rolfs Finger in ihrer Möse brachte eine ganz ähnliche Szene aus jener Nacht wieder zurück ... Und ihm schien es genauso zu ergehen.

»Ich erinnere mich gerade ...«, seufzte er.

»Erzähl es mir, erzähl mir deine Erinnerung!«

»Ich stieß mit dem Finger auf ein dickes Etwas, ungefähr in der Mitte von deiner Möse. Langsam und mit leichtem Druck strich ich darüber hinweg ... und dann gleich noch einmal. Und noch einmal. Noch wusste ich ja gar nicht richtig, was ich da tat. Aber dein Körper begann plötzlich zu zucken. Außerdem hast du leise gemaunzt, wie ein kleines Kätzchen, das Hunger hat. Im nächsten Moment erst begriff ich, dass ich gerade deinen Kitzler entdeckt und liebkost hatte. Und mir wurde klar, dass das, was ich mit deiner Perle getan hatte, dir große Lust bereitete. Ich wurde mutiger und ließ den Finger von der Klitoris aus abwärts wandern. Da tat sich dann darunter ein Loch auf, wie es schien. Deine Vagina ... Das musste sie sein. Der magische Ort, wo die Lust wohnte. Ich fragte mich erregt, ob ich wohl mit dem Finger ein klein wenig eindringen dürfte. Wie würdest du darauf reagieren? Würde ich dir vielleicht Schmerzen bereiten? Oder doch vor allem erneut Lust? Ich hatte so viele Fragen in diesem magischen Augenblick und keine Antwort parat! Also entschied ich, dass ich es herausfinden und das Risiko eben eingehen musste. Immerhin wollten wir miteinander schlafen. Aber mein Schwanz war so viel größer und dicker und auch härter als selbst mein dickster und längster Finger. Das immerhin wusste ich. Außerdem wusste ich noch eins: Dass ich mich nämlich nicht mehr würde beherrschen können, sobald ich erst einmal mit meiner Schwanzspitze in deine enge Muschi eingetaucht wäre. Was, wenn du dann plötzlich nicht mehr mitspielen wolltest? Aber dann hast du laut gestöhnt und etwas gemurmelt, was ich als Aufforderung auffasste. Ich schob den Finger etwas tiefer hinein in deine feuchte Spalte. Langsam und vorsichtig machte ich das. Du hast richtig gebebt und wieder gestöhnt, aber aufgehalten hast du mich nicht. Es schien dir zu gefallen. Ich merkte dann, dass ich meine Gier nicht mehr zügeln konnte, und bekam Angst, jeden Moment einfach abspritzen zu müssen. Aber ich wollte auf dich warten, zuerst dir Lust bereiten. Also zog ich den Finger vorsichtshalber aus deiner Muschi und meine Hand aus deinem Höschen.«

Barbara schnurrte, weil sich Rolfs Finger gerade in sie schob auf der Suche nach ihrem hochexplosiven Lustpunkt. Sie entspannte die Muskeln ihres Beckenbodens, obwohl sie wusste, dass dies gefährlich war. Sie konnte jederzeit vor Lust explodieren, wenn sie das machte. Allerdings lenkte die Erinnerung an jene Liebesszene damals auch ein wenig ab. Ihr fiel nämlich wieder ein, wie enttäuscht sie über Rolfs Rückzug aus ihrem Höschen gewesen war.

»Ich fragte dich, was los sei. Und ob du es plötzlich nicht mehr wolltest«, sagte Barbara. »Ich war wirklich ängstlich deswegen, weißt du.«

»So hast du auch geklungen. Ängstlich. Ich habe dir schnell erklärt, dass ich unbedingt meine Jeans loswerden müsste.«

»Und ich habe dir wortlos den Reißverschluss heruntergezogen, und im nächsten Moment hielt ich deinen erigierten Penis in der Hand. Oh, Gott! Ich wusste damals noch nicht viel mit ihm anzufangen und hatte vor allem Angst, dir Schmerzen zu bereiten. Zwar fühlte sich dein Schwanz groß und hart an, aber gleichzeitig auch so zart. Außerdem pochte er in meiner Hand wie das aufgeregte Herz eines Vogels. So warm und durch und durch lebendig. Ich entschied dann blitzschnell … Nein, mit der Hand, das erschien mir zu grob! Meine nasse Muschi war sicher viel weicher und nachgiebiger. Und dort drinnen konntest du das Tempo selbst bestimmen. Außerdem wollte ich ihn auch spüren, tief in mir. Ich ließ deinen Schwanz los und guckte erst mal. Und bekam einen Riesenschreck bei dem Anblick. Selbst in der nächtlichen Dunkelheit wirkte er riesig und dick. Obwohl ich es besser wusste, fragte ich mich, wie um Himmels willen er reinpassen sollte in meine kleine, zarte Muschi. Dann musste ich fast schon wieder lachen, ich hatte genug darüber gelesen und wusste um ihre Dehnbarkeit. Also legte ich mich auf deiner schmalen Luftmatratze zurück auf den Rücken, hob den Po und streifte meinen dünnen Slip blitzschnell selbst herunter. Dann spreizte ich die Beine ganz weit und forderte dich auf, in mich zu kommen.«

»Bei mir riss in diesem Moment der dünne Faden, der mich noch mit dem denkenden Teil meines wachen Bewusstseins verband. Der natürliche männliche Jagdinstinkt erwachte und übernahm von jetzt an das Steuer. Der Anblick deiner weit geöffneten, nur zart behaarten Mädchen-Möse gab mir den Rest. Ich stürzte mich wie ein wilder junger Stier zwischen deine Schenkel. Später konnte ich mich nicht mehr erinnern an diese ersten Sekunden, als sich meine Eichel zwischen deine Schamlippen schob und dann weiter vorwärtsdrängte. Ich kam erst wieder ein wenig zu mir, als ich schon fast bis zum Anschlag in dir steckte. Ich spürte plötzlich, wie sich dein Schamhügel außen an meinem rieb. Und da wurde mir klar, dass ich dich tatsächlich genommen, dich penetriert, gedehnt und aufgespalten hatte. Dass ich von nun an ein Mann war. An alles Weitere kann ich mich dann nur noch schemenhaft oder gar nicht erinnern. Es muss meine Nervosität gewesen sein, die sich über die sicherlich vorhandene Lust und die Gier schob und als Löschtaste fungierte. Ich kam erst wieder richtig zu mir, nachdem ich in dir gekommen war. Hinterher lag ich pumpend wie ein Maikäfer auf dir. Du hieltest mich umklammert und hast zärtlich an meinem linken Ohrläppchen geknabbert. An dieses Detail habe ich mich noch Jahre später immer wieder ganz deutlich erinnert.«

Rolfs zärtlicher Finger hatte mittlerweile Barbaras Lustpunkt gefunden. Und sie ließ es zu, dass er ihn jetzt sanft und geschickt zu massieren begann. Dann kam es ihr auch schon heftig, und sie stöhnte ihre Lust laut heraus. Wie damals – da war sie auch so laut gekommen, gleich bei ihrem ersten Mal.

Rolf hatte auch heute wieder diesen glücklichen Gesichtsausdruck, nachdem Barbara gekommen war. Er näherte seinen Mund ihrer Scham und verwöhnte sie mit zärtlichen Küssen, bis Barbaras Zittern nachließ und ihre Hände sich aus seinen Haaren lösten.

Er griff nach seiner Pfeife, die neben ihm auf dem Boden lag, und sprang auf.

Barbara sah ihm zu und lächelte zärtlich. »Sie ist ausgegangen, das hast du nun davon. Du musst sie neu stopfen.«

Er schüttelte den Kopf und ließ die Pfeife in seinen Rucksack gleiten. »Ich muss dir etwas sagen, Barbara! Ich bin seit vielen Jahren verheiratet. Wir haben zwei kleine Kinder, deretwegen wir nach außen hin auch zusammenbleiben. Aber wenn du … Also, ich bin erst seit kurzem wieder hier und habe vor wenigen Tagen diese Hütte drüben auf der Lichtung gekauft, samt einem umliegenden Stückchen Wald. Für kleine sommerliche Auszeiten zwischendurch. Niemand weiß davon, außer mir und jetzt natürlich auch dir. Der Schlüssel zur Hütte steckt hier im Rucksack. Eine Luftmatratze besitze ich allerdings nicht mehr, dafür aber ein breites und erstaunlich bequemes Matratzenlager. Sollen wir heute endlich dort hinübergehen, so wie du es damals schon wolltest …?« Er brach ab, dafür kamen ihr seine Lippen ganz nah. Rolf küsste sie zärtlich auf den Mund, seine Zungenspitze glitt hinein und fand die ihre.

Der Kuss wurde leidenschaftlicher und drängender. Barbara konnte sich kaum entziehen, aber sie wollte ihm rasch noch etwas sagen, unbedingt.

»Erst die Pfeife, und jetzt auch noch die einsame Hütte im Wald! Du bist eben im Begriff, dich in meinen ganz persönlichen Märchenprinzen zu verwandeln, Rolf Schurian!«, sagte sie. »Na komm, zeig mir deine Hütte. Ich musste lange genug auf diese Einladung warten. Zwanzig Jahre, in denen du dich in der Weltgeschichte herumgetrieben hast und ein bekannter Fotograf geworden bist.«

Später, dachte Barbara noch, *später erzähle ich ihm auch von meiner Ehe. Und von meiner Idee mit der Freundschaft plus. Plus Sex. Mit Rolf könnte das tatsächlich klappen. Immer wieder im Sommer jedenfalls, hier draußen am See und in der Hütte im Wald …* An der Stelle riss die Verbindung zu dem denkenden Teil ihres Bewusstseins dann allerdings für eine ganze Weile ab.

Es war Barbaras freier Abend am See. Vielleicht einer der letzten in diesem Sommer.

Heißkalt

Ein tropisch heißer Sommertag in Berlin ...
Mit etwas Glück fand Clara einen Parkplatz ganz in der Nähe ihres Lieblingslokals. Sie wollte nur rasch zur Erfrischung einen Eiskaffee trinken. Anschließend musste sie dringend ein Hochzeitsgeschenk besorgen. Ihre beste Freundin Micaela heiratete am Wochenende. Und Clara war Trauzeugin.

Als sie ihr Auto holen wollte, war es zugeparkt. Ein großer Lieferwagen stand in zweiter Reihe, und vom Fahrer weit und breit keine Spur. Clara seufzte und stieg dennoch schon mal ein, lange konnte es ja nicht dauern.

Während sie wartete, studierte sie den in der Sonne silbrig glänzenden Aufdruck *ICEMAN – Blitzeisschneller Eiswürfel-Express – FUN ICE* auf dem eisblauen Lieferwagen. Die Farbgestaltung war geschickt gewählt, sie rief Bilder hervor von bläulich schimmerndem Eis und von Grönland in kalter Wintersonne. Clara war noch nie in Grönland gewesen, aber sie wollte da unbedingt bald einmal hin.

Wie es wohl wäre, dort in klirrender Kälte Sex zu haben mit einem knackigen Kerl? Hier in Berlin war es im Moment einfach zu heiß, da verging einem glatt die Lust auf schweißtreibende Spielchen ..., ging es ihr durch den Sinn.

Clara stellte sich den Fahrer des Lieferwagens vor. Er entpuppte sich in ihrer Phantasie als blonder Hüne mit eisblauen und frech blitzenden Augen. Typ: direkter Wikingernachfahre.

Dieses sexy Phantombild in ihrem Kopf zeigte sofortige Wirkung. Claras Verlangen war geweckt, sie spürte ein lebhaftes sinnliches Begehren, das ihre Haut prickeln und die Brustknospen hart werden ließ.

In der nächsten Filmszene sah sie sich nackt in den Armen des stattlichen Wikingers. Sie wälzten sich beide in leidenschaftlicher Umarmung wild im weißen Schnee herum, irgendwo hoch oben in Grönland … Und Clara bekam trotz der kühlen Umgebung im Film prompt einen Schweißausbruch in der gefühlten Realität. Als kleine Dreingabe zum drängenden und ziehenden Pochen zwischen ihren Schenkeln.

Du lieber Himmel, sie würde hier im aufgeheizten Auto ihre dünne Bluse noch völlig durchschwitzen!

Ein Königreich für eine Handvoll Eiswürfel!

Clara versuchte es stattdessen mit einer weiteren Visualisierung in Sachen *Sex on the Rocks*. Sie schloss die Augen, so konnte sie sich besser der Kraft ihrer Gedanken hingeben.

Ein strammer bildschöner Penis aus Eis erschien. Er tanzte zunächst nur zwischen Claras weit geöffneten bebenden Schenkeln, ohne jedoch ihre fiebernde Haut zu berühren. Das erstaunlich große und dicke Teil wies – ein Stückchen weit unterhalb der runden Haube – eine wulstförmige Verdickung auf. Diese perfekte Imitation einer Eichel aus bläulich schimmerndem Eis wirkte unglaublich erregend. Alleine von dem Anblick lief Clara bereits ein heißkalter Schauer über den Rücken hinunter. Sie konnte es kaum erwarten, bis der riesige Schwanz endlich ihr Lustdelta berührte. Ihre Phantasie begann Purzelbäume zu schlagen ...

Der Schwanz aus Eis senkte sich weiter herab, kam näher und näher, streifte unterwegs immer wieder die zitternden Innenseiten der Schenkel und kühlte die überhitzte Haut.

Clara stöhnte und seufzte leise. Sie glaubte, das Eis tatsächlich zu spüren, es strich momentan mit sanftem Druck über ihr glühendes Geschlecht. Seine Kälte vermischte sich mit der feuchten Hitze, die Claras Körper ausstrahlte, und erzeugte ein sinnliches Brennen in ihrer Muschi.

Die mittlerweile stark angeschwollenen Schamlippen öffneten sich bereitwillig dem Druck der Eichel. Deren eisige Kuppe glitt sanft durch die Ritze, fand dabei die heftig pochende Perle und spielte mit ihr. Die eingebildete Berührung an dieser empfindlichen Stelle fühlte sich für Clara heiß und kalt zugleich an. Ihre sensiblen Nervenenden fingen zu vibrieren an und zogen sich wie unter einem plötzlichen Kälteschock zusammen. Die bloße Vorstellung des harten Eispickels tief in ihrer Möse erwies sich zunehmend als reale sinnliche Sensation.

Wahnsinn! Hilfe, ich verbrenne!, dachte sie.

Prickelnde heißkalte Lustblitze jagten durch Claras Körper. Ihre ohnehin schon aufgerichteten Brustspitzen wurden so steinhart, dass es fast schmerzte. Sie drückten sich aufreizend durch den BH aus Spitze und den dünnen Stoff der Bluse.

Der künstliche Schwanz aus Eis fühlte sich atemberaubend hart an, und er schien unersättlich zu sein ... Und kalt, so kalt. Gerade strich er erneut mit diesem erregenden Druck über Claras dick angeschwollene Klitoris. Die eiskalte Berührung dauerte vielleicht zwei Sekunden lang. Höchstens drei. Aber das genügte, um tief drinnen in der Muschi ein wahres Feuerwerk an Lust zu entfachen. Heiß und kalt vermischte sich zu einer einzigen lustvollen Explosion. Der Ausbruch des Vulkans begann zwischen den Schenkeln und schoss bis hoch ins Becken. In Claras Unterleib zogen sich gleichzeitig alle Muskeln zusammen.

So musste sich eine heiße Herdplatte anfühlen, wenn ein einziger eiskalter Wassertropfen von oben auf sie traf! Diese plötzliche Explosion beim Aufprall, heißkalt, zischend und prickelnd … Clara begann vor Erregung zu hecheln. Ihre Schenkel zitterten, gleichzeitig stieß sie unbewusst ihre Hüften auf dem Autositz weiter nach vorn. Der Leinenrock rutschte nach oben, weit über Claras Schenkel hinauf. Wie ferngesteuert wanderte ihre rechte Hand ins Höschen.

Die Bilder hinter den geschlossenen Augenlidern wurden noch plastischer. Der kalte, feuchte Eispickel war zum Greifen nahe.

Himmel! Er war der Phantasie entkommen und hier aufgetaucht in der Realität, um Clara hart und heißkalt zu ficken!

Er steckte bereits spürbar tief zwischen ihren Schenkeln und drückte und rieb sich an und in ihrer fiebernden Möse. Sie spürte das alles hautnah – diese Kälte und dazu den erregenden Druck tief drinnen in der brennenden Scham.

So etwas konnte man sich doch nicht einfach nur so einbilden … Oder doch?

Claras Hand bewegte sich schneller auf und ab in ihrem Höschen. Zwei Finger übernahmen die Rolle des stürmischen Liebhabers. Sie teilten die Schamlippen, schoben sich tief ins glühende Fleisch und dehnten die Vagina.

In Claras überhitzter Phantasie war und blieb es jedoch der Eispenis, der sie da gerade penetrierte.

Ihrer Möse war es ohnehin egal, sie sprudelte über vor Lust. In der Wärme des Wagens breitete sich ein erregender Duft aus, es roch nach purem Verlangen und nach feuchtem Sex. Claras Nase nahm den Geruch auf, ihr Gehirn wandelte die Duftspuren blitzschnell in Bilder um, die wiederum hinter den geschlossenen Augenlidern einen wilden Reigen tanzten.

Sie glaubte zu spüren, wie das Eis durch ihre Körperwärme zu schmelzen begann. Das Eiswasser linderte die Hitze tief in Claras Becken und vermischte sich dabei gleichzeitig mit ihren feuchtwarmen Körpersäften. Dieser sinnliche Cocktail lief nun langsam aus ihr heraus und kühlte Becken, Möse und schließlich auch noch die Schenkel. Es fühlte sich einfach sensationell an!

Claras Finger stießen schneller vor und zurück, vor und zurück …

Himmel, das hier war definitiv der verrückteste und heißeste, der absolut coolste Fick meines bisherigen Liebeslebens! Und ausgerechnet mit einem Eispickel!, schoss es ihr durch den Kopf.

Clara wand sich und presste Po und Möse heftiger auf das Leder des Autositzes. Gleichzeitig begann sie mit den Hüften zu kreisen und leise vor Lust zu wimmern.

Der Eispickel schob sich in ihrer Phantasie tiefer und tiefer hinein in ihre summende Muschi … *O Himmel! O ja, das war gut!*

Clara spürte den Schwanz aus Eis weiter vordringen, nachdem die heißkalte Eichel sich eben noch lustvoll am Kitzler gerieben hatte.

Dann breitete sich plötzlich eine brennende Kältewelle aus und strahlte bis ins Becken hinein.

Heißkalt ...

Die unterschiedlichsten sinnlichen Wahrnehmungen fluteten gleichzeitig durch Claras Körper hindurch.

Heißkalt

Eiskalt

Es kam Clara so vor, als schwanke ihre Körpertemperatur ebenfalls ständig hin und her zwischen diesen beiden Polen: heißkalt und eiskalt ...

In Claras Möse pochte es dazu im harten Takt ihres hämmernden Pulses. Die Muschi zog sich im selben schnellen Rhythmus zusammen und wollte sich doch gleichzeitig auch schon wieder ausdehnen und am liebsten implodieren.

Und dann passierte es tatsächlich ...

Tief drinnen in Claras Becken gab es eine *Detonation*. Die Muskeln im Unterleib zogen sich rhythmisch zusammen, während Claras Finger weiter heraus- und wieder hineinglitten, solange der Orgasmus andauerte.

Plötzlich war Clara wieder ganz klar im Kopf. Sie spürte die Gänsehaut auf ihrem Körper und nahm die sommerliche Hitze im Wagen erneut wahr, die ihr jedoch momentan nichts anhaben konnte. Clara fühlte sich erfrischt, trotz der klebrigen warmen Feuchtigkeit zwischen den Beinen und im Höschen. Denn noch vibrierte dort zwischen den Schenkeln alles von dem Nachbeben ihres Höhepunktes. Ihr Körper war momentan herrlich entspannt, so wie nach gutem Sex.

Leider kippte aber bald darauf diese schöne Stimmung

um, die stehende Luft im Wagen war nicht mehr zu ertragen …

Wo bleibt denn bloß dieser verdammte Eismann? Der kann doch nicht in zweiter Reihe ungestraft eine kleine Fick-Ewigkeit lang fremde Frauen einfach so zuparken!, dachte Clara.

Sie hob die Hüften und zog den Rock wieder ordentlich glatt über die Schenkel. Anschließend drückte sie entschlossen und heftig auf die Hupe. Einmal und dann sofort noch ein zweites Mal. Und gleich darauf noch einmal.

Wenn dieser verdammte Kerl von einem verfickten Wikingernachfahren jetzt nicht sofort auftauchte, würde sie die hübsche Bluse und vor allem den Leinenrock doch noch hoffnungslos zerknittern bei dieser Affenhitze!

»Nur keine Aufregung, schöne Frau. Bin ja schon da!«

Groß, breite Schultern, schmale Hüften, Knackarsch, dunkelblonder Lockenschopf, eisblaue Augen.

Da war er also tatsächlich, der verdammte Wikinger … Und er sah noch besser aus als in ihrer Phantasie.

»Was erlauben Sie sich eigentlich? Ich bin hier am Sieden!«, fauchte Clara durch das geöffnete Seitenfenster direkt in sein amüsiertes Grinsen hinein. Und hätte ihm am liebsten gleich noch die Autotür gegen das Schienbein geknallt, weil er gar so frech und unverschämt und breitbeinig neben ihrem Wagen stand … ohne die geringste Spur von einem schlechten Gewissen zu zeigen.

»Immer cool bleiben, Mädchen, das hilft gegen die Hitze! Bin ja schon weg. Ärger macht übrigens gerne mal Fältchen, und das wäre doch jammerschade. Schönen Tag noch, Gnädigste!«

Arschloch! Jetzt macht der sich doch tatsächlich einfach aus dem Staub, ohne jede Entschuldigung noch dazu. Ver-

dammt, wo habe ich denn … Dass ich aber auch nie einen Stift dabeihabe, wenn ich einen bräuchte! Das Autokennzeichen … Ich bin ja sonst wirklich nicht so eine, aber den zeige ich glatt an, sagte sich Clara. *Mist, weg war er!*

»Na, Süße! Wie findest du das Motto und die Dekoration für unsere Hochzeitsparty? Geil, was? *Heißkalt!* Genau wie der Toni und ich im Bett.«

Micaela, im bodenlangen, schulterfreien, schneeweißen Brautkleid war schon reichlich beschwipst, als sie Clara mit diesen Worten stürmisch um den Hals fiel.

Toni, der Bräutigam, stammte aus Tirol. Eigentlich hieß er Anton. Anton Bierbaum. Ein fescher Kerl, der Toni! Im Sommer Bergführer, im Winter Skilehrer. Letzten Februar, ausgerechnet am 14. des Monats – *Valentinstag* –, da hatten sich die beiden im Schnee kennen- und gleich lieben gelernt. Micaela wollte in Berlin, ihrer Heimatstadt, heiraten. Aber danach gerne mit dem Toni in Tirol leben.

Clara erwiderte die Umarmung der Braut. »Du, ich werde dich so vermissen, weißt du das? Aber die Eis-Bar hier, die ist tatsächlich genial! Und die Eisskulpturen als Tischdekoration sind so wunderschön wie ausgefallen. Das waren Künstler, die das alles geschaffen haben, oder?«

Micaela befreite sich aus Claras Armen und rückte rasch das glitzernde Diadem in ihren langen schwarzen Haaren zurecht. Dann flüsterte sie, so als verrate sie ein düsteres Geheimnis: »Dreh dich jetzt bloß nicht sofort oder zu auffällig um. Da kommt gerade ein verspäteter Gast. Er musste noch Ware ausliefern. Björn ist der Eiskünstler! Seine kleine Firma soll mittlerweile ganz toll laufen. Der wäre vielleicht was für dich, Süße! Er ist noch zu haben. Ich sehe euch beide direkt schon vor mir, vor dem Traualtar. Ich mache dir auch die Zeugin, dafür fliege ich extra in Berlin ein.«

Clara drehte sich langsam und wie beiläufig um. Da kam er auch schon auf sie und die beschwipst kichernde Braut zu.

Groß. Breite Schultern. Schmale Hüften. Knackarsch. Dunkelblonder Lockenschopf. Eisblaue Augen.

Sie erkannte ihn sofort wieder, obwohl er zur Feier des Tages in einem weißen Smoking steckte, allerdings ohne ein Hemd darunter. Dafür trug er ein weinrotes Seidentuch um den Hals. Er sah in diesem Aufzug eher aus wie ein piekfeiner Dandy auf Abwegen. Nicht wie der kernige Naturbursche und Wikinger, den er doch eigentlich hätte geben sollen.

Am Aufblitzen seiner Augen merkte Clara, dass er sie ebenfalls erkannt hatte. Aber natürlich musste *Eis-Björn* jetzt zunächst einmal die Braut küssen und beglückwünschen. Das gehörte sich so. Micaela übernahm anschließend die offizielle Vorstellung, dann war auch das geschafft.

Es dauerte nicht lange, und Clara fand sich neben Björn an der bläulich schimmernden Bar aus purem Eis wieder. Er hatte einfach ihre Hand genommen und sie herübergeführt.

»Noch eingeschnappt?«, fragte er mit einem leisen, frechen Lachen. Dann bestellte er beim Barkeeper ungefragt zwei Gläser Champagner. »Kleine Abkühlung für die Dame!«

»Wer zuletzt lacht …«, sagte Clara und lächelte. »Spätestens wenn das Knöllchen in der Post liegt …« Sie brach ab, weil er sich immer mehr zu amüsieren schien.

Sie versuchte es auf eine andere Art. »Was darf ich mir

eigentlich unter *Fun-Eis* vorstellen? Eis, das sich kaputt-lacht, wenn das Knöllchen kommt?«

Er fixierte sie mit seinem eisblauen Blick. Zwar lachte er nicht mehr, aber in seinen Augen blitzte der Schalk auf. »Objekte eben. Aus purem Eis. Bären zum Beispiel. Auch Eisbären genannt. Oder andere hübsche Sachen. Fun ist Englisch. Das bedeutet Spaß. Für Leute mit Humor.«

»Aha! Ganze Sätze liegen Ihnen anscheinend nicht so sehr, was?« Damit drehte sich Clara abrupt um und ließ diesen arroganten Knackarsch von einem Wikinger einfach stehen.

Sie durchquerte den großen Festsaal und suchte nach den Waschräumen. Endlich fand sie eine Treppe ins Untergeschoss und dort den langen Gang, der auch zu den Toiletten führte. Claras Näschen brauchte dringend eine frische Schicht Puder. Wenn sie sich aufregte, dann brach ihr schon mal der Schweiß aus. Und dieser Björn … der regte sie definitiv auf! Und gleichzeitig an. Nämlich zu gewissen Bildern im Kopf.

Ihre hohen Absätze klapperten viel zu laut auf den Steinfliesen, deswegen überhörte Clara zunächst die Schritte, die eilig hinter ihr herkamen. Plötzlich spürte sie eine Hand auf ihrer Schulter. Sie erschrak nicht einmal, sie wusste sofort und instinktiv, wer das war.

Sie blieb stehen und drehte sich dann langsam zu Björn um. Sein männlich-herber Duft stieg ihr in die Nase und feuerte chemische Lustsignale ins Gehirn und von dort aus weiter in sämtliche Körper- und Nervenzellen.

Er roch nach Duschgel und nach Mann, beides in der genau richtigen Dosierung! Frisch und wild und berauschend zugleich.

Die Chemie stimmte schon mal, so viel war jetzt klar!

In Claras Bauch begann es höchst verräterisch zu ziehen.

Sie sahen sich sekundenlang schweigend in die Augen, schließlich küssten sie sich gierig. Irgendwie schaffte Björn es, ohne die wilde Küsserei zu unterbrechen, Clara an der Wand entlang zu einer Tür zu dirigieren. Er drückte in ihrem Rücken die Klinke herunter, und die Tür gab tatsächlich nach.

»Das hier ist das Büro des Gasthofs«, raunte Björn an Claras Lippen. »Keine Angst, ich war hier schon öfter. Und die Wirtsleute sind mit den Hochzeitsgästen vollauf beschäftigt.«

Drinnen war es kühl und dunkel, weil die Jalousien vor den Fenstern heruntergelassen waren.

Sie küssten sich immer leidenschaftlicher, dabei glaubte Clara einen großen harten Gegenstand zu spüren, der gegen ihren Oberschenkel drückte.

»Was ist das? Doch nicht das, was ich denke?«, raunte sie. »Irgendwie stimmt die geographische Lage nicht, Wikinger! Oder hast du etwa zwei davon?«

Björn musste lachen. Seine Lippen näherten sich ihrem Ohr. »Warte ab, Eisprinzessin! Sie sind beide für dich.« Er bohrte seine Zunge in ihre Ohrmuschel, und Clara stöhnte laut auf.

Björn drängte sie bis zu einem ausladenden Clubsessel aus Leder.

»Knie dich auf die Sitzfläche!«

Clara gehorchte. In ihrer Muschi pochte es gierig.

Verdammt, was mache ich hier? Ich kenne ihn doch kaum!, schoss es ihr durch den Kopf.

»Streck deinen süßen Knackarsch heraus … Ja, so! Und jetzt stütz dich mit beiden Händen auf der Sessellehne ab!«

Wieder gehorchte sie wortlos. Ihr Po ragte jetzt in dieser Stellung aufreizend hoch in die Luft.

Björn griff ihr unter den Rock des himbeerfarbenen Seidenkleides und direkt zwischen die Beine. Sie war bereits klatschnass für ihn. Und er stöhnte auf, als ihm das bewusst wurde. Der hauchdünne Spitzenslip klebte – getränkt von Claras Säften – zwischen den Schamlippen. Aber im nächsten Moment war sie das lästige Ding auch schon los. Björn hatte es ihr mit einem Ruck über die Hüften gezogen.

»Ich bin überrascht, Eisprinzessin! Ich dachte schon, du magst mich nicht.«

Was sollte das? Spielt er etwa Katz und Maus mit mir?! Und was fummelt er da jetzt solange hinter meinem Rücken herum?, fragte sich Clara.

»Ich mag dein unverschämtes Benehmen nicht, Wikinger!«

»Aber trotzdem bist du scharf auf mich. Du willst, dass ich, der unverschämte Wikinger, dich vernasche!«

Das war nun keine Frage, sondern eine Feststellung. Und Clara widersprach nicht.

Sie spürte, wie er sich ihr jetzt von hinten wieder näherte. Björn schob ihr den Rock des Kleides über die Hüften hoch, legte eine warme Hand auf ihren nackten Po, die andere verschwand zwischen ihren Schenkeln.

Clara seufzte selig, als Björns Finger ihre Möse fanden und die Schamlippen aufspreizten. Zwischen Daumen und Zeigefinger begann er ihre pochende Perle zu reiben.

Die ersten Kontraktionen zuckten durch Claras Unterleib. Schweiß brach ihr aus, und gleichzeitig bekam sie eine feine Gänsehaut, überall am Körper und sogar zwischen den Schenkeln.

Natürlich spürte er auch das, der verdammte Wikinger! Er lachte gerade so zufrieden, ja … triumphierend. Über sein Lachen ärgerte sie sich, aber gleichzeitig begehrte sie ihn auch wie verrückt. Ihr Körper log nicht. Und ihre gierige und fiebernde Möse erst recht nicht.

»Ich habe eine hübsche kleine Überraschung für dich dabei. Du wolltest vorhin doch wissen, was das ist: Fun Eis!«, sagte Björn in diesem Moment, und dann zog er seine Hand zurück. Clara seufzte vor Bedauern auf.

»Was für eine Überraschung?«, wollte sie wissen.

»Eine nette Erfrischung bei dieser Hitze! Nicht umdrehen. Gleich ist es so weit …«

Sie hörte ein Rascheln hinter sich. Im nächsten Moment drängte sich für kurze Zeit ein eiskaltes, dickes und enorm hartes Teil zwischen ihre Schenkel und strich dort blitzschnell über die nackte Haut hinweg.

»Halt still, Eisprinzessin! Ich will dir nicht weh tun.«

Mit einer Hand spreizte Björn behutsam erneut Claras Schamlippen und befeuchtete seine Fingerspitzen mit ihren Säften. Dann stieß er plötzlich einen Finger tief in sie. Sie stöhnte auf vor Wonne. Er schob gleich noch einen zweiten Finger nach. Clara keuchte unterdrückt und begann mit den Hüften zu kreisen.

»Eisprinzessin, du bist heiß wie Lava! An dir verbrenne ich mir glatt noch die Finger. Willst du, dass ich das Feuer lösche?«

Sie gab keine Antwort, dafür ließ sie aber die Hüften stärker kreisen, um ihn anzustacheln.

Björn zog dennoch seine Finger mit einem leise schmatzenden Geräusch aus ihr heraus. Clara wollte schon jammern und protestieren, aber dann spürte sie etwas Kaltes und Hartes. Groß, oben rund und außen ganz glatt.

Und eiskalt!

Das steife Ding schob sich von hinten langsam und unaufhaltsam in Claras zuckendes Fleisch.

»Was ist das?«, stöhnte sie auf und drängte dem Ding ihr Becken entgegen.

Da war einerseits der plötzliche Kälteschock, der sich andererseits aber fast unmittelbar in glühendes Feuer verwandelte. Und kurz darauf in feurige Lust.

»Gefällt er dir, Eisprinzessin?«

»Was ist das?«, wiederholte sie, obwohl sie es bereits wusste.

Björn machte gerade ihre Visualisierungsübung wahr … Oder aber er träumte dieselben feuchten Träume wie Clara …

»Ich fahre ihn seit Monaten herum, Eisprinzessin! Er und ich, wir waren tagtäglich auf der Suche nach dir.« Björns freie Hand legte sich vorn auf Claras Scham, seine Finger tasteten nach ihrer Perle und rieben sie erneut sanft.

Claras Körper begann vor Lust zu zucken.

»Der Abdruck?«, brachte sie gerade noch heraus.

»Von mir selbst. Mein bestes Stück gibt's im Doppelpack. Für dich allein, Süße. Einmal eiskalt, einmal heißkalt.«

Björn lachte leise, seine Finger zwirbelten Claras Kitzler kräftiger, vor ihren Augen flimmerten nun grelle Sternchen. Kurz vor ihrem Höhepunkt zog Björn seine Hand jedoch zurück und entlockte Clara dadurch einen klagenden Laut.

Aber dann begann der Eisschwanz in Clara zu tanzen. Er drehte sich schnell und schneller tief in ihrer Muschi und erzeugte dabei eisige feurige Wirbel in ihrer Enge.

Claras Vagina zog sich um den Eindringling herum zusammen. Seine Kälte brannte tatsächlich wie Feuer im heißen Fleisch. Eine seltsame Art von grellem Lustschmerz breitete sich in Claras Körper aus, während das Ding nun auch noch zu stoßen begann, dabei tiefer und tiefer in sie glitt und die Scheidenmuskeln dehnte, bis Claras Hüften ekstatisch vor lauter Erregung kreisten.

In ihren Ohren rauschte das Blut, das Herz hämmerte in ihrer Brust, und Zeit und Raum begannen sich aufzulösen.

Irgendwann gewann dann doch die Kälte die Oberhand über die Lust. Claras kräftig angeschwollene Schamlippen fühlten sich plötzlich pelzig an, ebenso die dicke und harte Klitoris.

Clara griff sich von vorn zwischen die Beine, vielleicht ließ sich das pelzige Gefühl ja wegrubbeln und die Lust wiederbeleben.

Und in diesem Moment zog sich der Eisschwanz aus ihr zurück. Sie spürte, wie ein Schwall kalter Flüssigkeit ihre Schenkel herunterlief. Sie zitterte am ganzen Körper und sehnte sich doch verzweifelt danach, sofort aufs Neue penetriert zu werden.

Hinter ihrem Rücken wurde hörbar ein Reißverschluss aufgerissen. Und schon bemerkte Clara das drängende Zucken eines erigierten und herrlich warmen Schwanzes an ihrer Pforte.

»Willst du, dass ich dich jetzt damit ficke?«

»Frag nicht, mach es einfach, Wikinger!«

Er drängte sich in sie.

Björn konnte während des Eindringens die feuchte Kälte in Claras Muschi auf seiner zuckenden Eichel spüren. Das machte ihn endgültig verrückt. Er schlang seine Arme fest um Clara, umfasste mit seinen kräftigen Händen ihre

Brüste und massierte sie begierig. Seine Daumen kreisten um die Nippel und entlockten Clara ein Wimmern.

Björn fing jetzt an, sie aus den Hüften heraus zu stoßen, sein Rhythmus wurde zusehends härter und schneller. Dabei drang er so tief in sie ein, dass bei jedem neuerlichen Stoß seine Hodensäcke gegen Claras Pobacken klatschten.

Claras Verlangen war sofort wieder geweckt. Sie musste sich auf die Unterlippe beißen, um ihre Lust nicht laut herauszuschreien. Dabei nahm sie instinktiv Björns Rhythmus auf. Dann wieder ließ sie die Hüften kreisen, während Björns Daumen weiter um ihre Brustnippel wirbelten. Als er plötzlich die beiden steifen Knospen hart zwirbelte und gleichzeitig auch noch daran zog und zupfte, kam Clara.

Björn spürte die heftigen Kontraktionen tief in ihrer Muschi, sie saugten an seinem Schwanz, als wollte Claras Möse ihn melken. Seine Hoden zogen sich zusammen und drohten zu bersten. Björn stieß ein heiseres Knurren aus.

Er jagte seinen steinharten Schwanz nochmals bis zum Anschlag in Claras pulsierende Nässe und ergoss sich beinahe im selben Moment.

Sie explodierte in diesem Augenblick ein zweites Mal, mit ihm zusammen und auf seinem pumpenden Ständer. Er konnte erneut spüren, wie ihre Muskeln sich eng um ihn herum zusammenzogen und seinen Schwanz massierten, während sie kam. Clara schrie laut und gellend auf, er legte ihr rasch eine Hand über den Mund.

»Später, bei mir zu Hause, da kannst du dann schreien, so viel du willst, Süße!«

Der zweite Wunsch – die Grönlandreise – realisierte sich ebenfalls in Claras Sinne … Diese fand zwar erst im Jahr

darauf statt, aber immerhin. Schwierigere Projekte benö-
tigten eben entsprechend mehr Zeit und Anstrengung.

Björn erwies sich selbst in klirrender Kälte noch als
standfester und feuriger Liebhaber. Der Eispenis hingegen war und blieb ein einmaliges Abenteuer. Solche
Dinge ließen sich nicht gut wiederholen, es fehlte der
Überraschungseffekt. Und es gab ja noch so viel andere
schöne Liebesspielchen ...

Der gemeinsame Urlaub war gleichzeitig auch Claras
und Björns Hochzeitsreise. Es war nämlich genauso gekommen, wie von Micaela heraufbeschworen. Aber das
ist wiederum eine andere Geschichte.

Extrascharf

Eine knappe Woche nach unserem One-Night-Stand meldete Patrick sich plötzlich wieder. Per SMS. Nicht direkt romantisch also, aber immerhin.

Ich erfuhr, dass er dringend kurzfristig nach Peking hatte fliegen müssen, wegen eines ungeheuer wichtigen Großauftrages. Die Sache sei nun im Kasten, alles bestens. Patrick fragte an, wie es mir denn in der Zwischenzeit so ergangen wäre. Und ob man sich eventuell bald mal wiedersehen könne …

Hab ich dich!, dachte ich und grinste vergnügt.

Ich ahnte, dass er sich insgeheim fragte, wieso ich mich nicht gemeldet hatte. Es war Patrick sicher nicht leichtgefallen, den ersten Schritt zu machen. Er war immerhin sehr von sich überzeugt, sah gut aus, war beruflich erfolgreich und obendrein einer von der Sorte, der gerne lieben ließ.

Ich hatte Besseres zu tun, mein Süßer! Täglich das Mittagsmagazin im Radiosender moderieren, mich die Karriereleiter als Journalistin weiter hinaufarbeiten und im Zuge dessen unterwegs den verheirateten Programmchef eines privaten TV-Senders vernaschen. Man braucht Beziehungen in der Branche, intime und nicht so intime … Ich ziehe schon mal die intimen vor, mit denen lässt sich besser Katz und Maus spielen. Natürlich nur wenn die Chemie stimmt. Aber dann so richtig …

Das alles schrieb ich natürlich nicht in meine Antwort-SMS hinein!

China? Wow, ich beneide Dich! Da wollte ich immer schon mal hin. Das Nachtleben in Peking soll ja auch toll sein. Vielleicht sollte ich eine Reportage machen und auf Kosten des Senders fliegen. Ich könnte Dich vorab zumindest zum Thema China interviewen. Stehst Du zur Verfügung?

Ich kicherte leise, als ich auf SENDEN klickte.

Mit einer Interviewanfrage hast du jetzt sicher nicht gerechnet als Antwort, was, Süßer?, dachte ich.

Ich wusste, Patrick würde es gerne mir überlassen, unser Wiedersehen zu gestalten. Er war ein besonders gefährlicher, weil in seinen Gefühlen ambivalenter Mann. Er wollte sich nichts vergeben, weil er noch nicht so richtig wusste, was er eigentlich von mir wollte. Und wenn ja, dann wie viel.

Die erste Einladung neulich – und immerhin gleich zum intimen Candle-Light-Dinner –, die kam ihm ja noch leicht über die Lippen. Da wusste er nämlich genau, was er hinterher wollte. Sex. Da ging es lediglich darum, ob eine gemeinsame Nacht bei der Investition als Rendite herauskäme. Oder eben nicht. Hinterher würde man dann weitersehen.

Jetzt aber war *hinterher*, ab jetzt wurde es zunehmend gefährlicher.

Eine zweite Nacht reizte ihn sehr, wäre aber eben nicht ohne Risiko. Vor allem emotional gesehen. Das haben zweite Nächte so an sich, das wusste ich. Und das wusste sicher auch Patrick. In zweiten Nächten entscheidet es sich oftmals, ob eine ernstere Beziehung aus der Sache werden könnte oder eben nicht.

Patrick steckte also in einem inneren Zwiespalt, und ich wusste das. Ich kannte das Gefühl aus eigener Erfahrung. Bei Patrick allerdings verspürte ich den Zwiespalt einmal nicht. In seinem Fall wusste zumindest ich, was ich wollte. Und ich würde es bekommen …

Ich war bereit, alles auf eine Karte zu setzen und richtig tief in meine spezielle Trickkiste zu greifen. Dieser Mann war es wert, so viel wusste ich immerhin nach unserer ersten gemeinsamen Nacht. Er war ein verdammt guter Liebhaber, und ich begehrte ihn. Aber das brauchte er beides nicht zu wissen. Er sollte sich ruhig ein Weilchen so fühlen, als wäre er bloß mein kleiner Leckerbissen für zwischendurch gewesen. Einer unter vielen, wohlgemerkt. Was im Grunde sogar stimmte, ich brauchte bloß an den TV-Programmchef zu denken. Allerdings handelte es sich bei Patrick um einen ganz besonderen Leckerbissen. Von einem wie ihm ließ ich mich wahnsinnig gerne erobern, sogar ein zweites und ein drittes Mal.

Seine Antwort kam knappe fünf Minuten später: *Stehe zum Interview zur Verfügung. Wann und wo?*

Aha! Also blieb es weiterhin mir überlassen, wie es weiterging mit uns beiden.

Raffinierter Dreckskerl! Na warte …

So bald wie möglich. Am besten gleich morgen? Wann gehst Du normalerweise in die Mittagspause? Wir könnten zusammen lunchen, simste ich zurück.

Ich wusste, er rechnete fest mit einem Termin am Abend. Schon wegen des Mittagsmagazins im Sender. Er wusste noch nichts von meinem beruflichen Aufstieg, er war ja in China gewesen.

Seine Antwort kam umgehend: *Morgen ginge um 13 Uhr. Aber ich habe am frühen Nachmittag ein wichtiges Meeting. Gibt es keine Alternative?*

Ich simste auf der Stelle zurück: *Leider nein! Erklärung folgt mündlich. Also bis morgen! Du wirst Dein wichtiges Meeting nicht verpassen. Versprochen.*

Am nächsten Tag zur Mittagszeit. Kurfürstendamm, Ampelkreuzung Uhlandstraße.

Ich sah den silberfarbenen Porsche nahen und schickte ein kurzes Stoßgebet hinaus ins Universum. Die Ampel reagierte und schaltete rechtzeitig auf Rot.

Patrick war sichtlich überrascht, als ich plötzlich stürmisch die Beifahrertür aufriss und mich geschmeidig auf den Beifahrersitz gleiten ließ.

»Perfektes Timing. Jetzt brauchst du keinen Parkplatz zu suchen«, meinte ich lachend. »Hallo, Fremder!«

»Hallo, schöne Frau!«

Seine Blicke huschten gierig über meine Knie, die sich zwischen Rocksaum und Stiefelrand in schimmernden hauchdünnen Seidenstrümpfen zeigten.

Patrick räusperte sich gerade, als die Ampel auf Grün schaltete. Etwas zögerlich gab er Gas.

»Wollten wir nicht eigentlich gleich hier um die Ecke eine Kleinigkeit essen?«

»Ich habe es mir anders überlegt!«, verkündete ich fröhlich. »Wir fahren zu mir. Ich habe meine berühmte extrascharfe Spaghettisauce vorbereitet. Die Pasta selbst ist in wenigen Minuten fertig. Alles in allem wird dieser kleine Lunch weniger Zeit verschlingen als ein Treffen im Restaurant. Du kommst pünktlich in die Firma zu deinem Meeting zurück, versprochen. Einen schönen Rotwein habe ich übrigens auch besorgt.«

Er wirkte ein wenig verwirrt, aber dann nickte er und trat aufs Gaspedal.

»Aber was ist mit deiner Sendung?«, wollte er als Nächstes wissen.

»Ich moderiere das Mittagsmagazin schon seit mehreren Tagen nicht mehr«, erklärte ich wahrheitsgemäß. »Ich habe jetzt meine eigene Abendshow. Fünfmal die Woche.«

»Gratuliere, Nova. Das ist ja großartig!«

Patrick beschleunigte nochmals und wechselte die Fahrspur. Plötzlich schien er es wirklich eilig zu haben.

Ich musste grinsen. Ich ahnte, dass er soeben rasch im Kopf überschlug, ob seine Mittagspause neben der extrascharfen Pasta eventuell auch noch einen extrascharfen Quickie hergab. Immerhin war ein abendliches Treffen in weitere Ferne gerückt, als es einem sexhungrigen Galan lieb sein konnte. Das Objekt der Begierde – ich – musste abends ja nun leider im Radio moderieren.

»Wegen der neuen Sendezeit hast du dich also nach meiner Mittagspause erkundigt ...«, sagte er plötzlich. »Ich hatte nämlich eigentlich erwartet, du würdest irgendeinen Abendtermin in dieser Woche vorschlagen.«

»Ach, ich wollte mich ohnehin bei dir mit einem kleinen selbstgekochten Lunch für das nette Dinner neulich bedanken. Ich weiß ja, dass Männer wie du es nicht so gern haben, wenn die Frau im Lokal die Rechnung übernimmt. Deshalb habe ich mir diesen Kompromiss ausgedacht. Ich bin mittlerweile, was Pastasaucen angeht, fast schon ein Vollprofi. Gute Freunde von mir behaupten sogar, ich hätte mindestens einen Michelin-Stern dafür verdient.« Ich lachte, als sei dies bloß ein kleiner Scherz. Dabei stimmte es.

»Jetzt bin ich tatsächlich noch mehr als gespannt, Nova!«

Wieder streifte Patrick mit einem raschen Seitenblick meine Beine. Der enge Rock war mittlerweile weiter nach oben gerutscht. Das kam von den starken Vibrationen des fahrenden Porsche. Man sitzt in diesen Blechbüchsen ja so nah am Asphalt wie in kaum einem anderen Wagen der Luxusklasse. Deswegen mag ich Porsches eigentlich auch nicht so sehr. Aber heute und hier an Patricks Seite empfand ich das mit den Vibrationen eigentlich als durchaus neckisch.

Allein durch Patricks bloße körperliche Anwesenheit geriet ich in eine Art Rauschzustand. Meine Hormone spielten verrückt und ließen das Delta zwischen meinen Beinen heftig kribbeln. Zum Kribbeln gesellte sich jetzt noch ein heftiges Pochen, als sich besagte Vibrationen von unten her bemerkbar machten. Im Bauch passierten obendrein so rasche kleine Muskelzuckungen, die sich ebenfalls als höchst erregend entpuppten.

Und ich genoss die Fahrt.

Plötzlich bremste Patrick scharf. Eine Ampel mit unangenehm kurzer Umschaltphase hatte ihn dazu gezwungen. Unweigerlich rutschte mein schwarzer weicher Lederrock noch ein wenig weiter die Schenkel hinauf. Das kam daher, weil man, im Porsche sitzend, die Pobacken automatisch tiefer gelegt bekam als die Knie. Wenn dann auch noch ein scharfes Abbremsmanöver erfolgte, dann ging es eben hoch mit den Röcken ... Na, jedenfalls konnte Patrick jetzt auch schon sehen, welch aufreizende rot-schwarze Strapse ich darunter trug.

Er legte seine rechte Hand auf meinen Oberschenkel. Während ich so tat, als sei nichts, und interessiert aus dem Seitenfenster schaute. Rechts neben uns war gerade ein schwarzer Mercedes mit einem jüngeren attraktiven Fahrer am Steuer zum Stehen gekommen.

Der Mercedesfahrer sah mich an und lächelte herüber. Ich lächelte strahlend zurück. Patricks Hand schob sich gerade unter meinen hoch gerutschten Rocksaum und gleich weiter in mein Höschen.

Die Ampel schaltete auf Grün, der Mercedesfahrer zwinkerte mir fröhlich zu, dann war er weg. Und auch wir fuhren los.

Ich seufzte leise.

»Bin ich dir zu schnell?«, fragte Patrick vorsichtig nach.

Ich wusste, seine Frage bezog sich nicht auf das Tempo des Wagens. Es freute mich, dass er fragte und sich also seiner Sache nicht zu hundert Prozent sicher war.

Ich schnurrte statt einer Antwort und rutschte freiwillig noch ein wenig tiefer in den Schalensitz hinein. Und öffnete auch meine Knie ein bisschen weiter.

Plötzlich zog Patrick seine Hand wieder zurück, und beinahe hätte ich ein enttäuschtes Maunzen von mir gegeben. Aber dann legte er seine Rechte leicht auf meine Schulter und ließ sie auch schon wie unabsichtlich nach unten und in meinen Blusenausschnitt gleiten.

Seine Finger fanden rasch den linken Nippel und begannen damit zu spielen. Meine Brüste reagierten umgehend. Als der eine Nippel hart geworden war, kümmerte Patrick sich auch noch ein Weilchen um den anderen. Dabei fuhren kleine Lustschauer durch meinen Körper.

»Mach die Beine noch ein wenig breiter!« Patricks Stimme klang zärtlich, als er das sagte.

Ich gehorchte gerne und spreizte langsam die Schenkel, so weit mir das in dem engen Rock überhaupt möglich war.

Patrick sah weiter auf die Straße, lenkte den Porsche nur mit einer Hand, aber dennoch mit lässiger Sicherheit.

Seine rechte Hand nahm er jetzt aus meiner Bluse und

schob sie erneut unter den Rock und in meinen Slip. Dieses Mal teilten seine Finger schnell und geschickt die äußeren Schamlippen. Eine heiße Welle der Lust durchflutete meine Muschi. Sie öffnete sich immer weiter, wie eine Auster.

Ich rutschte noch tiefer in den Sitz, der weiche Rock aus Nappaleder bauschte sich um meine Hüften, die Schenkel klafften auseinander.

Patricks warme Hand presste sich fest in meinen Schritt hinein. Sie rieb und drückte dabei immer wieder rhythmisch auf den Kitzler. Ein absolut geiles Gefühl!

Es begann in meiner Möse heftig zu pochen.

Mit einem unterdrückten Stöhnen schob ich Po und Becken im Sitz ganz nach vorn. Auf diese Weise gelangten Patricks Finger besser in meine Muschi hinein.

Ich konnte spüren, dass alles bei mir da unten schon weich und offen war.

Mein Puls hämmerte, und mein Atem ging heftig.

Ich brauchte jetzt ganz dringend etwas, was mich hart und tief penetrierte. Auf der Stelle. Zwei oder besser gleich drei dieser frechen Finger wären fürs Erste sicherlich ausreichend …

Patrick ließ sich jedoch noch Zeit damit. Er befingerte zunächst nur ausgiebig mein Döschen, rieb die Schamlippen und die immer stärker anschwellende Klitoris. Dazwischen presste er auch immer wieder kurz und fest die Handfläche auf meine heftig pochende Scham. Der sanfte warme Druck, der sich rhythmisch wiederholte, machte mich schier verrückt vor Lust. Es war dennoch bei weitem nicht genug für meinen Geschmack. Mein Verlangen und meine Gier waren so stark. Verdammt, ich wollte richtig gefickt werden!

Ich kam auf die Idee, Patrick – anstatt zu versuchen ihn

mit Worten weiter anzufeuern – meinerseits ein bisschen zu verwöhnen. Das würde ihm vielleicht auf die Sprünge helfen.

Ich legte meine linke Hand auf seinen Oberschenkel, in Höhe des Hosenstalls. Da spürte ich auch schon die riesige Wölbung.

Ich begann die Beule durch den Stoff hindurch zu bearbeiten.

Patrick seufzte leise. Also öffnete ich als Nächstes ruckartig den Reißverschluss. Dann den Knopf oben am Hosenbund.

Patrick rutschte seinerseits auf dem Sitz ein wenig weiter nach vorn. Ich schloss daraus, dass er mir den Zugriff erleichtern wollte, und nützte die Situation entsprechend aus. Als ich in die Hose griff, schnellte mir sein harter Penis direkt in die Hand.

Ich holte ihn heraus.

Das war's fürs Erste. Ich zog meine Hand zurück, und da stand er nun und ragte steil aus dem Hosenstall auf … Groß und hart und vollständig erigiert. Die Eichel oben war rund und prall und glänzte rötlich violett von den ersten austretenden Lusttröpfchen.

Ich liebkoste Patricks bestes Stück vorerst nur mit den Augen. Der vielversprechende Anblick machte mich noch zusätzlich geil.

Nebenbei begann nun auch mein ursprüngliches Kalkül aufzugehen. Patrick legte sich jetzt nämlich verstärkt mit seinen Fingern zwischen meinen Beinen ins Zeug. Er war ohnehin unglaublich geschickt im Muschistreicheln, aber jetzt wurde er zum Virtuosen. Vermutlich hoffte er, ich würde mich dafür anschließend richtig bei ihm revanchieren.

Ein erster Finger enterte mein pochendes Loch. Er drang ein und schob sich tiefer vorwärts, dehnte aber die Vagina noch nicht weit genug. Aber ich wollte mehr.

»Noch einen Finger!«, forderte ich stöhnend.

»Einer reicht dir wohl nicht, was?« Patrick lachte heiser auf.

Gleich darauf drängte sich ein weiterer Finger in mein heißes Fleisch. Und dann noch einer. Und dieses Mal wurde die Vagina richtig schön dabei gedehnt. Der dabei entstandene Druck löste da drinnen die ersten starken Muskelkontraktionen aus. Tief in meinem Becken zog sich auch bereits alles zusammen, gleich würde ich explodieren.

»Ist es das, was du wolltest?«, erkundigte sich Patrick, als seine Finger tief in mir steckten. Ich wand mich unterdessen im Sitz wie ein Aal auf dem Trockenen.

»Ja! Aber hör jetzt bloß nicht auf! Mach weiter, fick mich richtig hart mit den Fingern!«

Das brauchte ich kein zweites Mal zu fordern.

Patricks Hand drückte und rieb sich kräftig von außen an meiner Pforte, den Schamlippen und der wild pochenden Klitoris. Während seine Finger sich tief in mir drehten und dabei vor- und zurückstießen. Dieser wilde Fickrhythmus beschleunigte sich zusehends, und meine Muskeln tief drinnen reagierten entsprechend.

Irgendwann stieß ich vor lauter Lust mein Becken samt Po unbeherrscht nach oben, Patricks Fingern entgegen. Und in der nächsten Sekunde kam ich völlig lautlos.

Schwer atmend lag ich hinterher ein Weilchen mit geschlossenen Augen in meinem Sitz. Patrick zog unterdessen langsam und vorsichtig die Finger aus meiner Muschi heraus. Das fühlte sich sensationell an, und ich kam gleich noch einmal. Kurz und lautlos.

Ich spürte, dass Patrick mich von der Seite her beobachtete, daher ließ ich die Augen noch geschlossen, während ein letztes süßes Nachbeben der Lust durch mein Becken zuckte. Allerdings legte ich meine linke Hand um seinen dicken erigierten Schwanz und rieb sanft und vorsichtig einige Male daran auf und ab. Davon wurde der Schaft noch dicker, er schwoll spürbar nochmals an in meiner Faust.

Aber dann waren wir leider auch schon am Ziel. Patrick fand einen Parkplatz direkt vor dem Haus, in dem ich wohnte.

Und ich packte rasch Patricks Ständer in die Hose zurück.

Ehe wir ausstiegen, beugte sich Patrick zu mir herüber und gab mir einen langen und zärtlichen Zungenkuss. An der Art und Weise, wie er mich küsste, merkte ich, dass der Fisch Gefallen am Köder gefunden hatte und die anfängliche Vorsicht allmählich fallen ließ. Es lag nun an mir, ihn endgültig an den Haken zu kriegen.

Ich führte meinen Gast schnurstracks in meine hübsche gemütliche Wohnküche. Auf dem Herd standen bereits zwei zugedeckte Töpfe. Alles war vorbereitet.

Meine köstliche Tomaten-Kräuter-Ingwer-Sauce brauchte nur noch warm gemacht zu werden. Dazu reichte eine kleine Flamme aus. Das Wasser für die Spaghetti in dem großen Spezialkochtopf würde nur wenige Minuten brauchen, bis es sprudelnd kochte.

Ich warf einen Blick auf die große Küchenuhr an der Wand. Und musste fast lachen, als ich merkte, dass Patricks Blicke prompt folgten.

Ich konnte förmlich sehen, wie in seinem Kopf die Rechenmaschine losratterte. Eine Mischung aus Vorfreude und Erleichterung huschte über Patricks Gesichtszüge, als ihm klar wurde – die Zeit könnte tatsächlich auch noch für einen netten Küchen-Quickie reichen.

Unterdessen gab ich mich äußerst beschäftigt.

Ich wusch einige kleine knackige Cherrytomaten, steckte mir eine davon zwischen die Lippen, lutschte genüsslich daran, nahm sie wieder heraus und steckte sie dafür Patrick in den Mund. Er leckte meine Fingerspitzen, ehe er die Minitomate zerbiss.

»Hm, köstlich!«, raunte er.

Wir mussten beide grinsen.

Die restlichen Cherrys zerteilte ich mit einem scharfen Messer, gab einige Spritzer roten Aceto Basalmico dazu und frischen Pfeffer aus der Mühle. Anschließend hobelte ich hauchdünne Parmesanplättchen über den Salat.

Damit Patrick die Hände nicht frei hatte, gab ich ihm in der Zwischenzeit auch etwas zu tun.

Gerade als das Wasser im Topf zu sprudeln begann, hörte ich dieses satte, verheißungsvolle *PFLOPP* hinter meinem Rücken. Patrick hatte soeben den Korken aus der Rotweinflasche gezogen.

»Perfektes Timing!« Ich strahlte ihn kess an und leckte mir dann mit der Zungenspitze langsam über die Lippen.

»In sieben Minuten sind die Spaghetti al dente.«

In seinen Augen blitzte es begehrlich auf, als er das mit den sieben Minuten hörte. Er starrte mit sexhungrigem Blick auf meinen Mund, der feucht schimmerte.

Ich kam seinen Absichten allerdings zuvor.

»Ich liebe die Sauce eigentlich extrascharf. Aber ich wollte vorsichtig sein, vielleicht vertragen deine Mundschleimhäute ja nicht ganz so viel Chili ...« Ich hielt inne und schenkte Patrick einen zweideutigen Augenaufschlag.

»Ich …«, er räusperte sich, dann schluckte er hart. Schließlich sprach er aus, was ich hören wollte: »Es kann mir gar nicht scharf genug sein, Nova!«

Ich öffnete den Kühlschrank, beugte mich vor, hob dabei Po und Hüften und wackelte so ein bisschen damit. Aufreizend, aber dennoch beiläufig, als müsste es so sein.

Jemand atmete schwer hinter mir. Dann hörte ich das Gluckern des Rotweins, als er in die bereitstehenden Gläser gegossen wurde.

Ich holte eine winzige rote Chilischote aus dem Gemüsefach, legte sie auf ein Holzbrettchen und begann sie mit einem Gemüsemesser in feine Scheibchen zu schneiden. In diesem Moment schlangen sich Patricks Arme von hinten um meine Hüften, sein heißer Atem kitzelte mich im Nacken.

»Hast du auch manchmal so kleine versaute Phantasien beim Kochen?«, hauchte ich und kicherte leise und beinahe verschämt.

»Eher nicht, aber ich koche auch sehr selten«, gestand Patrick und näherte seine heißen Lippen meinem linken Ohrläppchen. »Aber deine würde ich zu gerne hören.«

Er presste seinen Körper von hinten gegen meinen. Die dicke Beule, die sich dabei an meinem Po rieb, sprach Bände.

»Ich stelle mir gerade vor …«, begann ich flüsternd.

»Sag es mir …«

Ich steckte die Messerspitze durch eines der Chilischotenscheibchen und hob es in die Luft. »Dieses rote Gemüsestückchen hier ist höllisch scharf, so winzig und harmlos es auch aussieht. Direkt auf der Zungenspitze brennt es wie Hölle, es nimmt dir glatt die Luft zum Atmen.«

Patrick begann an meinem Hals zu lecken, dabei keuchte er unterdrückt.

»In meiner Phantasie träufle ich zunächst reichlich Olivenöl auf ein Stück Chili wie dieses. Das Öl nimmt wenigstens etwas von der brennenden Schärfe weg. Dann lege ich das ölige Teil ganz vorn auf meine Zungenspitze. Nur kurz. Solange ich es aushalte jedenfalls. Dann spucke ich es aus. Und dann …« Ich hielt inne.

»Und dann … Sag es mir, Nova!«

»Dann hole ich deinen Schwanz heraus und lecke mit meiner scharfen Zungenspitze kräftig über die Eichel. Ich lasse dabei auch die kleine Vertiefung in der Mitte nicht aus …« Ich legte den Kopf zurück an Patricks Schulter. »Himmel, wie mich das anmacht, alleine schon die Vorstellung!«

Während ich redete, ließ ich sanft mein Becken kreisen und massierte so die Beule in Patricks Hose.

Sein ganzer Körper hatte sich inzwischen angespannt und strahlte eine so starke Wärme ab, dass ich unwillkürlich etwas von ihm abrückte.

»Mach es mir, Nova!«

Das hatte sich eindeutig wie ein Befehl angehört, nicht wie eine Bitte. Natürlich gehorchte ich da nur zu gerne.

Ich beträufelte die Chilischotenstücke mit Olivenöl, legte dann eines der Scheibchen vorne auf meine Zunge und zählte leise bis drei.

Meine Zunge verwandelte sich in einen Brandherd, aber es war gerade noch zu ertragen. Das Olivenöl tat seine etwas mildernde Wirkung. Aber schnell wurde es dann doch zu viel, und ich spuckte das Teilchen hastig in die Küchenspüle.

Als ich mich umdrehte, hatte Patrick seinen Schwanz bereits herausgeholt. Er war erigiert und zuckte lüstern vor meinen hungrigen Augen.

»Braver Junge …«, murmelte ich lobend, dann ging ich vor Patrick auf dem Küchenboden in die Knie.

Ich nahm ihn in den Mund und leckte mit meiner brennenden Zungenspitze langsam und genüsslich über die Eichel.

Patrick stieß einen heiseren Schrei aus, seine Beine zuckten, aber er hielt stand. Schließlich stöhnte er laut auf.

Meine Zungenspitze bohrte sich vorsichtig in die kleine Vertiefung oben in seiner Eichel. Genau so, wie ich es ihm beschrieben hatte.

Dieses Mal klang Patricks Schrei laut und kehlig. Und dann ejakulierte er urplötzlich. Ein warmer Schwall klebrigen Spermas schoss in meinen Mund und tief in meine jetzt ebenfalls brennende Kehle. Unweigerlich schluckte ich alles, schon um die brennende Schärfe und Hitze loszuwerden. Dann riss Patrick auch schon seinen schlaffer werdenden Schwanz aus meinem Mund heraus.

Ich sah zu ihm auf, mit glänzenden Augen, in denen Tränen schimmerten, der Schärfe wegen. Auch Patricks Augen wirkten feucht. Vermutlich brannte seine Eichel ebenfalls wie Feuer.

Ich stand auf und riss ein weißes weiches Blatt Krepppapier von der Küchenrolle ab. Damit trocknete und säuberte ich behutsam den schrumpfenden Penis, ehe ich ihn zärtlich und sanft wieder in Patricks Hose verstaute.

»Geht es wieder?«, fragte ich schließlich.

Er nickte und lächelte zugleich. Dabei wirkte er irgendwie verwirrt, wenn mich nicht alles täuschte. Vielleicht auch erschüttert. Oder angeschlagen? Es war schwer zu sagen.

»Lass uns einen Schluck Wein trinken!«, schlug ich vor und hob mein Glas. »Prost.«

Dann klingelte die Herduhr, und die Spaghetti waren fertig.

Wir setzten uns zu Tisch. Die Sauce war köstlich, wenn auch keineswegs extrascharf. Ich hatte nämlich vergessen, wenigstens eines der Chilischotenscheibchen hineinzuwerfen. Kann jedem mal passieren, im Eifer des Gefechtes.

Der Lunch war zu Ende. Patricks Blicke wanderten zu meiner Küchenuhr an der Wand. Und sofort wirkte er beruhigt.

»Auf die kannst du dich nicht verlassen!«, warnte ich. »Sie geht um eine gute Viertelstunde nach.«

Patrick erschrak, sprang auf und holte sein Handy aus der Innentasche des Sakkos, das an meiner Garderobe hing.

»Verdammt, es stimmt! In dem Fall muss ich sofort los. Nova, es tut mir so furchtbar leid, aber du weißt ja, ich habe ein wichtiges Meeting!«

»Ich hatte dir auch versprochen, dass du es nicht versäumen würdest!«, erinnerte ich ihn. »Zisch rasch ab, du schaffst es sicher noch.«

Als Patrick weg war, räumte ich die Küche gründlich auf. Dabei sang und pfiff ich fröhlich vor mich hin. Mir war einfach danach. Dieser kleine Lunch war genauso gut gelaufen, wie ich es mir erhofft hatte.

Es geht doch wirklich nichts über eine sorgfältige Vorbereitung, Nova!, lobte ich mich.

*

Am Nachmittag bekam ich eine SMS: *Ich kann mich nicht auf die Arbeit konzentrieren. Kann an nichts anderes mehr denken … Wann sehen wir uns?*

Bald schon. Ich melde mich, simste ich ein geraumes Weilchen später lässig zurück.

Der Fisch hing am Haken. Von jetzt an hatte ich alle Zeit der Welt. Er durfte ruhig erst noch ein bisschen zappeln. Ehe ich ihn in meine Badewanne mit integriertem Whirlpool einladen würde … Samstagabend vielleicht. Am Wochenende hatte ich ja keine Radio-Show.

Ich durfte nicht vergessen, vorher unbedingt noch Champagner zu besorgen und kalt zu stellen.

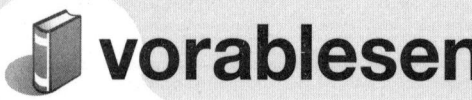